KB114229

이모탈 퓨전 판타지 소설
FUSION FANTASTIC STORY

워리어

Warrior

워리어 3

이모탈 퓨전 판타지 소설

초판 1쇄 찍은 날 § 2014년 11월 17일
초판 1쇄 펴낸 날 § 2014년 11월 24일

지은이 § 이모탈
펴낸이 § 서경석

편집부장 § 권태완
편집책임 § 한준만

펴낸곳 § 도서출판 청어람
등록번호 § 제387-1999-000006호
등록일자 § 1999. 5. 31
어람번호 § 제1-1984호

주소 § 경기도 부천시 원미구 부일로 483번길 40 서경B/D 3F (우) 420-822
전화 § 032-656-4452 팩스 § 032-656-4453
http://www.chungeoram.com
E-mail § chungeorambook@daum.net

이모탈 퓨전 판타지 소설

FUSION FANTASTIC STORY

3

Warrior
워리어

CONTENTS

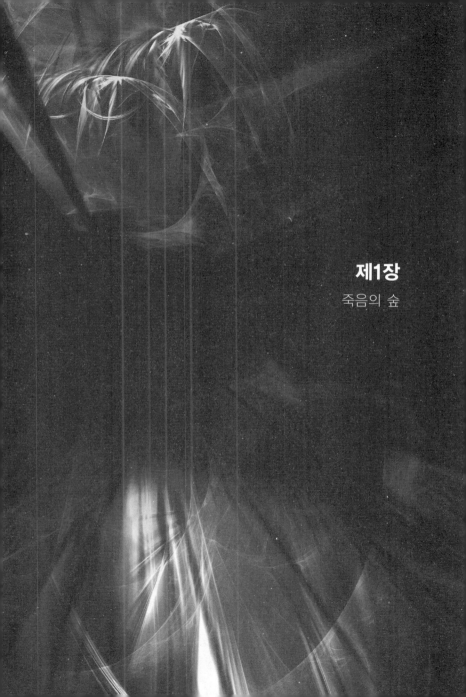

제1장

죽음의 숲

Warrior

　마토아카 십부장이 손을 들어 주먹을 쥐었다. 그의 표정은 딱딱하게 굳어져 있었다. 첨병, 즉 척후조를 맡은 세미놀의 종적을 놓친 것이다. 그리고 그의 후각을 자극하는 비릿한 냄새.

　'교전?'

　분명 교전이 일어난 것이다. 하지만 확인할 수 없었다. 어떠한 함성도, 어떠한 소음도 들려오지 않았으니까. 그러는 동안 그의 후각을 자극하는 비릿한 냄새는 그 농도를 더욱더 짙게 흩뿌리고 있었다.

'대체 어떻게 된 것이냐?'

알 수 없었다. 그래서 더욱 답답해지는 마토아카 십부장이었다. 세미놀이 비겁하기는 하지만 절대 무리한 공격은 하지 않는다. 아무리 위력 수색이라 해도 그와 자신이 맡은 역할은 수색을 통하여 적의 상황을 정확하게 파악하는 것.

굳이 교전할 필요가 없다는 것이다. 그런데 교전이 시작되었다. 마토아카 십부장은 전신의 신경을 일깨우며 극도의 집중력을 발휘하기 시작했다. 그때 그의 시야에 잡히는 것이 있었다.

'누구냐!'

누구일 것인가? 풀벌레나 새소리조차 들리지 않는 조용하기 그지없는 이 산중에 누군가가 미친 듯이 자신의 조가 있는 쪽으로 달려오고 있었다. 그리고 얼마 지나지 않아 확인할 수 있었다.

혈인.

전신에 피 칠갑을 한 전사가 미친 듯이 뛰어오고 있었다. 그에 마토아카 십부장은 지체하지 않고 활에 화살을 쟀다. 그의 주변에 있는 전사들은 조금은 당혹했지만 말없이 마토아카 십부장의 행동을 지켜볼 뿐이다.

피이잉! 쐐에엑!

화살이 날았다.

퍽!

날카로운 화살촉이 연신 뒤를 돌아보며 정신없이 뛰던 전사의 이마에 그대로 박혀들었다. 순간 전사의 눈이 커지면서 입이 떡 벌어졌다. 그리고 아주 느릿하게 허물어져 내렸다. 냉정하게 전사의 허물어지는 모습을 바라보던 마토아카 십부장이 수신호를 하기 시작했다.

마토아카 십부장은 확신할 수 있었다.

'이곳에 적이 있다.'

그리고 그 적이 자신들을 노리고 있다는 것도 말이다. 때문에 도망치는 전사를 맞아들인다면 분명히 자신들의 위치가 발각될 것이 분명했다. 전사 한 명의 죽음으로 임무를 완수할 수 있다면, 혹은 열 명의 전사를 살릴 수 있다면 다시한 번 지금과 같은 상황이 닥친다 해도 똑같이 행동할 것이다.

잠깐 상념에 잠겨 있는 동안 전사들이 간격을 벌리기 시작했다. 그리고 가장 후미에 빠져 있는 전사가 슬금슬금 뒤로 움직이며 완전히 종적을 감추었다. 그것을 인식한 마토아카 십부장은 신중하고 은밀하게 걸음을 움직였다.

각 조원과의 소통은 오로지 그들 특유의 동물 울음소리밖에 없었다. 그들이 흩어진다면 적들 역시 흩어질 수밖에 없었다. 저들이 아무리 강군이라 하더라도 일대일이라면 초원을 누비는 바이른 족의 전사들을 어찌할 수 없을 거라고 생각했다.

그는 적 역시 척후조를 투입했을 거라 예상하고 과감한 작전을 펼쳤다.

적은 이 엘간 산을 수중에 넣었다. 그렇다면 저들은 기본적인 방책을 정해놓았을 것이고, 각 방면, 혹은 예상 접근로에 병력을 투입해 사방을 경계할 것이다. 그것은 진지를 점령하고 작전에 임하는 모든 군대의 기본이다.

적에게 자신들의 정보가 흘러들어 가지 않는 한, 그런 진지 점령 교본에 입각해서 경계할 것이다. 그리고 세미놀은 운 없게도 그러한 적의 경계망에 걸려든 것뿐이다. 아니, 운이 없는 것이 아니라 스스로의 자만에 빠져들어 적에게 발각된 것일 게다.

'하지만 나는 아니지.'

자신은 절대 적을 얕보지 않는다. 오거는 고블린 한 마리를 잡는다 할지라도 최선을 다한다. 최선을 다해야 한다. 그래야 최선의 결과를 낳을 수 있었다. 마토아카 십부장이 걸음을 옮김에 조원들 역시 걸음을 옮기기 시작했다.

정적이 감도는 엘간 숲.

마토아카 십부장의 발걸음이 조심스럽게 떨어진 낙엽과 썩은 나뭇가지 위를 밟아가고 있었다. 하지만 어떠한 소리도 들리지 않았다. 그때였다. 그의 후각에 갑자기 훅 끼쳐 오는 비릿한 혈향.

흠칫!

이것은 이전에 맡은 혈향이 아니었다. 새로운 혈향이었다.

'설마…….'

자신의 조가 완전히 흩어져 서로의 모습조차 제대로 파악하지 못할 정도의 거리로 이격되자, 기다렸다는 듯이 혈향이 후각을 자극한 것이다.

그는 손을 모았다. 그리고 그의 모아진 손 사이로 공기를 불어 넣었다.

부우우!

나직한 새소리가 흘러나왔다. 그러자 여러 방향에서 날카롭거나 가늘고, 혹은 묵직한 새소리가 들려왔다.

'하나가 모자란다.'

한 명의 새소리가 모자랐다. 그리고 그 순간 그의 후각을 자극하는 또 다른 혈향. 마토아카 십부장의 신형이 굳어졌다. 그는 마른침을 삼킬 수밖에 없었다.

'우리의 위치를 알고 있다.'

그랬다. 적은 자신들의 위치를 너무나도 정확하게 파악하고 있었다. 그런데 자신의 감각에 걸리는 적의 움직임은 없었다. 보이지도 않고 들리지도 않았다. 그런데 자신의 휘하에 있는 조원들은 속절없이 죽어가고 있었다.

그는 재빠르게 후퇴 신호를 보내려다 그만두었다. 적은 자신들이 새소리로 원거리 의사소통을 한다는 것을 알고 있다. 그런데 다시 새소리를 내어 적에게 자신들의 위치를 노출시킬 이유가 없기 때문이다.

마토아카 십부장의 이마에서 굵은 땀방울이 무게를 견디지 못해 주르륵 흘러내렸다. 앞으로 내디뎠던 그의 오른발이 느릿하게 뒤로 움직였다. 그렇게 그는 아주 느릿하게 뒤로 움직이기 시작했다.

엘간 산은 조용하기 그지없었다. 마토아카 십부장이 뒤로 움직일 즈음, 그의 휘하에 있는 다른 조원 역시 뒷걸음질 치고 있었다. 이미 그들은 지금 이 순간 자신들이 어떻게 처신해야 한다는 것을 충분히 인지할 정도로 훈련되어 있기 때문이다.

한 명의 전사가 앞으로 나아갈 때보다 더욱 조심스럽게 뒷걸음질 치고 있었다. 그때 그의 그림자가 드리워진 곳에서 무언가 소리 없이 움직였다. 낙엽이 스르르 옆으로 밀쳐지며 그 속에서 날카로운 눈이 드러났다.

슈화악!

"컥!"

순식간에 낙엽 사이로 그림자가 일어나 뒷걸음질 치는 전사를 덮쳤다. 입이 틀어 막히는 그 순간 전사의 목을 스치고 지나가는 묵음의 빛살. 순간 전사의 눈이 커지면서 전신이 축 처졌다. 그와 함께 전사의 목에서 흘러나오는 검붉은 액체.

그러한 죽음은 비단 이곳뿐만이 아니었다.

"훅!"

한 명의 전사가 목을 움켜쥐며 허공으로 떠올랐다. 전사는 어떻게든 벗어나려고 했지만 전사의 목을 옭아매고 있던 가늘디가는 무언가는 결코 전사의 목을 놓아주지 않았다. 몇 초 동안 버둥거리던 전사가 이내 힘을 잃고 축 처졌다.

조심스럽게 축 처진 전사의 시체가 낙엽 위로 떨어져 내렸다. 그러자 두 눈동자를 제외한 전신에 나뭇가지로 위장한 괴인이 모습을 드러냈다. 괴인은 혀를 빼물고 죽은 전사의 목을 긋고 심장에 단검을 박았다.

망설임 없는 행동. 어찌 보면 잔인하다 할 수 있을 정도의 행동은 너무나도 깔끔했다. 전사는 세 번을 죽었다. 목이 졸려서 죽고 목이 잘려서 죽고 심장이 꿰뚫려 죽었다. 그 누구도 살아남을 수 없을 것이다.

그제야 괴인은 다시 엘간 산의 숲속으로 모습을 감추었다. 아니, 사라졌다기보다는 숲과 동화되었다고 하는 것이 옳을 것이다. 아무리 눈썰미가 뛰어난 자라 할지라도 섣불리 그가 사라진 곳을 찾아낼 수 없을 정도로 말이다.

바스락!

뒷걸음질 치던 바이큰 족 전사가 걸음을 멈추었다. 대신 소리가 나는 방향으로 시선을 돌려 주도면밀하게 주변을 살폈다. 그리고 이내 전사의 입가에 가느다란 미소가 떠올랐다. 주변과 조금 달랐다.

보통의 사람이라면 절대 감지할 수 없을 정도로 말이다.

'함정!'

함정이 분명했다. 그것을 증명이라도 하듯 전사의 시선을 따라 숲에서 난 재료를 사용하기는 했으나 원래의 숲과는 전혀 다른 인위적인 모습을 하고 있는 무언가가 보였다.

전사는 조심스럽게 방향을 바꿨다. 알고 있는데 굳이 그곳을 통과할 필요가 없었다. 섶을 건드려 뱀을 놀라게 할 필요는 없으니 말이다.

툭!

몇 걸음 옮겼을까? 전사의 뒤꿈치에 걸리는 무언가가 있었다. 순간 득의만만하게 웃던 전사의 얼굴은 창백하게 변하고 말았다.

'이중 함정!'

놀란 전사가 신형을 부리나케 돌렸다.

하나,

퍼걱!

"끄극!"

전사의 전면에 날카로운 창이 꽂혔다. 한 개가 아닌 수십 개의 창이 그의 전신을 관통하고 있었다. 전사의 입가에 가늘고 진득한 검붉은 핏물이 흘러나오며 전신을 가늘게 떨었다. 하지만 그 떨림도 잠시, 이내 전사의 고개가 밑으로 툭 꺾이며 그의 입에서 흘러내린 진득한 핏물이 침과 함께 나뭇잎 위로 떨어져 내리기 시작했다.

사방에서 마토아카 휘하의 조원들이 사냥당하는 동안 마토아카는 단 한 발자국도 움직일 수 없었다. 사방에서 죄어오는 극한의 공포가 그의 걸음을 묶어놓고 있기 때문이다. 그의 얼굴은 이미 땀으로 범벅된 지 오래였다.

숨이 거칠어지기 시작했다. 사방에서 퍼져 오는 비릿한 혈향은 점점 더 그의 이성을 마비시키고 있었다. 어떠한 소리도 없었다. 적들의 움직임조차 볼 수 없었다. 아니, 자신은 눈 뜬 장님이나 다름없었다.

그제야 마토아카는 알 수 있었다. 세미놀이 방심해서 당한 게 아니라는 것을. 하지만 이미 때는 늦었다. 마토아카는 숨을 크게 들이쉬고 내뱉은 후 호흡을 골랐다.

'벗어나야 한다.'

그랬다.

이곳을 벗어나야 했다. 벗어날 수 있을지는 모를 일이나 반드시 벗어나 지금의 상황을 알려야만 했다. 느낌상 만약을 대비하기 위해 후방에 은신시킨 가장 발이 빠른 전사 역시 죽었을 가능성이 높기 때문이다.

생각을 정리한 순간 마토아카는 힘을 폭발적으로 내뿜었다. 수색조 특유의 은밀함은 버렸다. 이미 그 누구에게도 발견되지 않던 은밀함이 노출된 지 이미 오래다. 굳이 은밀함으로 속도를 늦출 필요는 없었기 때문이다.

그렇게 전력을 다해 후방으로 신형을 움직이는 그 순간부터 마토아카는 느낄 수 있었다. 무언가 자신의 후미를 잡고 쫓아오고 있다는 것을 말이다. 그는 지금 사냥당하고 있는 것이다.

나뭇가지가 그의 얼굴을 때렸다. 얼굴이 따끔거렸다. 하지만 마토아카는 멈추지 않았다. 그의 신경은 오직 자신을 쫓아오는 적을 따돌리고 무사히 이 지옥 같은 숲을 벗어나는 것뿐이었다.

숨이 턱턱 막혔다. 순간 마토아카는 자신이 이렇게 심장이 터질 정도로 뛴 적이 있나 하는 어처구니없는 생각이 들었다. 그러다 문득 오기가 생겼다. 증오하는 카테인 왕국군에게, 고작 사냥감이던 카테인 왕국군에게 자신이 쫓기고 있다는 생각에 강한 반발심이 들었다.

"허억!"

그 순간 마토아카는 발에 무언가 걸리는 것 같은 생각이 들었다. 재빠르게 몸을 가눴다. 그는 부지불식간에 자신의 발치에 걸린 곳을 바라보았다. 그리고 마른침을 삼킬 수밖에 없었다.

자신의 조원이었다. 목이 없었다. 몸과 따로 떨어진 조원의 목. 조원은 자신의 죽음을 믿지 못하겠다는 듯 눈이 부릅뜨고 입이 떡 벌어져 있었다.

그 모습을 본 마토아키는 숨을 고르며 마른침을 삼켰다. 그는 어금니를 소리 나게 꽉 깨문 후 몸을 일으켜 세웠다.

다시 움직이려고 하는 순간이다.

쉬아아악!

거대한 나무의 이파리 사이를 뚫고 거대한 무언가가 자신을 향해 쏟아져 내리고 있었다. 그 모습은 마치 거대한 새가 날개를 활짝 펴고 먹이를 낚아챌 때의 모습과 다르지 않았다.

적어도 마토아카는 그렇게 느꼈다. 그 순간 자신은 한 마리의 작은 먹잇감에 불과했다. 그에 마토아카는 사력을 다해 몸을 틀어 거대한 무언가로부터 떨어져 내리는 날카로운 것을 피해냈다.

"크흐흐윽!"

그의 오른쪽 어깨에서 화끈한 극통이 느껴졌다. 마토아카는 자신의 오른쪽 어깨를 바라보았다. 휑했다. 피가 분수처럼 뿜어져 나올 뿐 그의 오른쪽 어깨는 깨끗하게 절단되어 있었다. 그리고 그의 절단된 어깨는 멀지 않은 곳에 꿈틀거리고 있었다.

마토아카는 본능적으로 전면을 바라보았다. 하지만 아무것도 없었다. 자신의 어깨를 단 일 합에 잘라 버린 그 거대한 동체는 보이지 않았다. 그는 자신의 어깨를 지혈할 생각도 못하고 중얼거렸다.

"가루라……."

가루라!

드래곤을 먹고산다는 전설의 신조(神鳥) 가루라. 마토아카는 순간적으로 자신의 어깨를 자른 존재를 그렇게 받아들였다. 그는 그렇게 가루라라는 말을 계속 중얼거리며 비척비척 일어서 다시 걸음을 옮겼다.

그가 사라진 숲은 다시 정적이 감돌았다. 피비린내가 진동했지만 새소리가 들려오고 풀벌레 소리가 다시 들려오면서 예의 평화로운 모습으로 돌아왔다. 그리고 잘린 마토아카 십부장의 팔 곁으로 몇 개의 발이 보였다.

"피해는?"

"없습니다."

"괜찮군."

"……."

그것으로 다시 정적이 찾아들었다. 그들은 다름 아닌 카이론과 세 명의 소대장, 키튼 상사였다. 그들이 나타남과 동시에 숲의 한쪽이 부스럭거리며 움직이더니 나뭇가지와 풀로 위장한 이들이 모습을 드러냈다.

"단결!"

그에 카이론이 가볍게 경례를 붙였다.

"단결!"

카이론의 경례를 받으며 나타난 이는 바로 비수 연대의 연대장인 카플루스 자작이었다. 그 역시 병사들과 똑같이 위장하고 매복에 들어가 있던 것이다. 그리고 실제 몇 명의 바이큰 족 전사의 목을 베었고 말이다.

카플루스 자작은 떨어진 팔을 툭 건드리며 입을 열었다.

"적에게 공포를 심어준 것인가?"

"지금부터 시작이라 할 수 있습니다."

그랬다. 지금부터 시작이었다. 이제 겨우 두 개 분대 규모의 적을 물리쳤을 뿐이다. 아직 이 엘간 산 밖에는 이천에 달하는 적이 존재했다. 그리고 자신들은 겨우 중대 규모의 병력으로 그들을 막아내야만 했다.

"복귀한다."

카이론은 간단하게 말하고 돌아서서 걸음을 옮겼다. 그런 그를 멍하니 바라보는 소대장들과 키튼 상사. 그러다 주변을 돌아봤다.

　"치워야 하나?"

　엔그로스 중위가 나직하게 입을 열었다. 하지만 키튼 상사는 고개를 저었다.

　"아마도 중대장님의 의도는 그것이 아닐 것입니다."

　"아니다?"

　"그렇습니다."

　"……."

　키튼 상사의 말에 세 명의 소대장과 카플루스 자작은 잠시 생각에 잠겼다. 그리고 잠시의 시간이 흐른 후 고개를 끄덕일 수밖에 없었다.

　전장을 정리하는 것이 맞았다. 하지만 지금은 아니었다. 소수의 병력으로 다수의 적을 막아야만 한다. 또한 그들에게 공포를 심어줘야 한다. 도리는 아니지만 적의 시체를 이대로 둘 수밖에 없었다.

　그들이 다시 이곳을 찾는다면 분노하겠지만 그것은 오히려 카이론이 바라는 바였다. 분노하고 또 분노해야 한다. 이성을 잃을 정도로 분노해야 하고, 그들의 분노 깊숙한 곳에 적에 대한 깊은 공포를 각인시켜야만 했다.

"그런데 가루라가 뭔가?"

그때 슬쩍 카르타고 중위가 키튼 상사에게 물었다. 아무래도 전장에서 20년을 지낸 바이큰 족의 말이나 혹은 그들의 습성에 대해 상당히 잘 아는 키튼 상사이다 보니 카르타고 중위가 그에게 묻는 것이다.

"아! 바이큰 족 전설에 나오는 드래곤을 잡아먹고 산다는 신성시되는 동물을 그렇게 부릅니다. 때에 따라서는 가루라를 신의 전사, 혹은 죽음의 전사라 일컫는다고 하는데 저도 자세히는 모릅니다."

키튼 상사의 말에 다들 고개를 끄덕였다. 이미 전설에나 등장하는 중간계의 절대자인 드래곤을 잡아먹고 산다는 말에 참 비현실적인 말이라고 생각하면서도 그들은 부지불식간에 고개를 끄덕이며 인정하고 있었다.

카플루스 자작 역시 고개를 끄덕이며 걸음을 옮겼다. 카이론을 진정 가루라라고 생각하는 것은 아닐 것이다. 다급함과 극한의 공포에 의해 착시와 착각이 어우러져 만들어진 공포의 산물일 것이다.

하지만 키튼 상사가 말하는 신의 전사나 죽음의 전사라는 말에는 동의하고 있었다. 그는 기사라기보다는 전사였다. 가로막는 모든 것을 부수고 어떠한 도전이나 두려움에도 결코 물러서지 않는 전사 말이다.

"그런데 말이야……."

카플루스 자작을 따라 이동하던 도중에 바이에른 중위가 말을 흐리며 입을 열었다.

"중대장님의 키가 조금 줄어든 것 같지 않아?"

"뭔 소립니까?"

"아니, 뭐 처음 중대에 왔을 때보다 조금 작아진 것 같아서 말이지."

"……."

바이에른 중위의 말에 키튼 상사는 잠시 말문을 닫았다.

"그러고 보니……."

"무슨 말도 안 되는 소리야? 더 커지면 커졌지 어떻게 줄어들어?"

그때 카르타고 중위의 말에 둘은 이내 고개를 끄덕여 버렸다. 그럴 수밖에 없는 것이 중대장은 이제 겨우 열여덟에 지나지 않았다. 늙으면 키가 줄어든다고 하지만 겨우 열여덟의 소년이나 다름없는 중대장의 키가 줄어든다는 것은 말도 안 되었다.

하지만 그들과 다르게 카플루스 자작은 고개를 끄덕이며 수긍하고 있었다. 자신 역시 그렇게 느끼고 있었으니까.

'그에게 무슨 일이 일어나고 있는 것인가?'

카플루스 자작은 그렇게 느꼈다. 그에게 무언가가 일어나

고 있다고 말이다. 하지만 느낌상 결코 나쁜 방향은 아닐 것
이라는 생각이 들어 그저 상황을 무시할 뿐이다.

'언젠가는 알 수 있겠지.'

그리고 그가 때가 되면 말해줄 것이라 생각했다. 카플루스
자작은 슬쩍 고소를 머금었다. 어느새 자신은 저 어린 중대장
을 절대적으로 신뢰하고 있음을 알았기 때문이다.

귀족의 세계에서는 절대적이라는 말은 존재하지 않는다.
언제나 미소 속에 칼을 숨기고 냉철하게 상황을 살펴 이득과
명분을 챙겨야만 한다. 그래서 귀족 사이에서는 신뢰라는 말
은 그리 쉽게 내뱉을 말이 아니었다.

하지만 지금 카플루스 자작의 뇌리에 떠오르고 있는 단어
는 단 하나, 신뢰라는 단어뿐이었다.

'그는 참으로 기이한 사람이다.'

기이했다. 그가 한 말은 반드시 이뤄질 것 같은 느낌이 들
었다. 카플루스 자작은 슬쩍 자신의 뒤를 따라오고 있는 소대
장들과 병사들을 바라보았다.

그들의 얼굴에는 어떠한 두려움도 없었다. 약간의 경계심
과 적당한 긴장감이 그들의 모습을 대변하고 있었다. 고개를
끄덕일 수밖에 없었다. 그들에게 패배라는 말은 존재하지 않
았다.

'이번 전투는… 우리가 이겼다.'

카플루스 자작은 확신했다. 6군단의 지원이 없어도 비수 진지를 지킬 수 있음을. 그리고 전선을 고착화할 수 있다고 말이다.

그들은 그럴 만한 자격이 있었다. 이들은 옐간 산의 바이큰 족 전사들을 압도했다. 아니, 마치 저급의 몬스터를 사냥하듯 완벽하게 그들을 사냥했다. 과거에 카테인 왕국군이 이런 숲에서 바이큰 족을 압도한 적이 있던가?

카플루스 자작이 생각하는 한도 내에서는 단연코 없었다. 그러니 이들은 자부심을 가질 만했고, 저 어린 중대장도 신뢰를 받을 만했다.

'나는 이곳에서 새롭게 탄생할 것이다. 그리고 갚아줄 것이다.'

카플루스 자작은 주먹을 움켜쥐었다. 그의 손에 은은한 주황색의 열기가 퍼지고 있었다. 어느새 카플루스 자작은 익스퍼트 중급에 완연하게 들어서고 있었다. 지난 20년간 넘을 수 없던 벽을 무너뜨리고 완벽하게 숙련시키고 있는 것이다.

카이론과 그를 따르는 병력이 조용하게 진지를 정비하는 그 시각, 한쪽 팔을 잃은 마토아카 십부장은 피곤에 절고 많은 피를 흘려서 창백해진 얼굴로 연신 거친 숨을 내뱉었다. 그는 옐간 산을 향해 서서히 진입하고 있는 마히칸 백부장의 본대를 향해 움직이고 있었다.

"허억! 후욱!"

거침 숨을 몰아쉬며 쓰러질 듯 달리고 있는 마토아카 십부장.

턱!

그때 자신의 목에 뭐가 걸린 것을 느꼈다.

'여기서 죽나?'

마토아카 십부장은 죽음을 생각했다. 정신이 아득해짐을 느끼며 까무룩 잠겨든 그의 눈동자. 얼마의 시간이 지났는지 모르겠다.

불현듯 마토아카 십부장의 정신이 돌아오고 감겼던 눈이 뜨였다.

그리고 그의 눈동자 가득 들어온 것은 바로 자신의 오른쪽 어깨를 절단한 가루라의 모습이었다.

"허어억!"

마토아카 십부장은 헛바람을 일으키며 상체를 일으켜 세웠다. 그때 그의 팔이 꽉 잡히는 느낌이 들었다.

"마토아카! 진정해라!"

그의 귓가를 울리는 익숙한 음성. 그제야 주변으로 시선을 돌리는 마토아카 십부장. 그의 시선 가득히 마히칸 백부장의 모습이 보였다.

"…가루라!"

스르륵! 툭!

그 말을 내뱉은 마토아카 십부장이 다시 정신을 잃으면서 끈 떨어진 인형처럼 뒤로 넘어갔다. 그 모습을 지켜보던 마히칸 백부장의 눈살이 찌푸려졌다. 기껏 깨어나더니 '가루라' 라는 말만 내뱉고 그대로 쓰러졌기 때문이다.

"극한에 이른 심력과 체력의 소모 때문입니다. 제대로 정신과 몸을 추스르기 위해서는 조금 시간이 필요할 것 같습니다."

마히칸 백부장의 부관으로 있는 이산티(칼)가 입을 열었다. 마히칸 백부장은 이산티를 슬쩍을 바라본 후 탐탁지 않다는 듯이 눈살을 찌푸렸다. 대초원을 지배하는 바이큰 족이다. 그러한 바이큰 족의 전사가 극심한 심력과 체력의 소모라니.

"쯧."

혀를 찬 마히칸 백부장은 야전 막사를 벗어났다. 이미 날이 어두워져 진지를 세우고 멈춘 상태이다. 그런데 적의 위치 및 동태를 파악하기 위해 척후로 보낸 두 개의 십인대 중 단 한 명만이 살아서 돌아왔다.

그 어떤 정보도 없이 말이다. 마음에 들지 않았다. 하지만 마음에 들지 않는 것과 별개로 마히칸 백부장의 얼굴은 심각하게 굳어지고 있었다. 그의 시선이 어둠 속에 잠긴 엘긴 산을 바라보았다.

'무언가 있다.'

마토아카 십부장의 단 한마디, 바로 '가루라' 라는 말이 마음속에 걸렸다. '가루라' 라는 말은 함부로 내뱉을 수 있는 말이 아니었다. 바이큰 족의 신화에 등장하는 신의 전사를 뜻하기 때문이다.

그런데 그런 신의 전사가 바이큰 족에게서 나타난 것이 아니라 카테인 왕국군에서 나타난 것이니 이 얼마나 황당하고 심각한 일인가?

"어떻게 생각하나?"

"가능성이 없습니다."

"결국 극한의 공포 속에서 헛것을 본 것이란 말이로군."

"그럴 가능성이 높습니다."

이산티 부관의 말에 고개를 끄덕이는 마히칸 백부장이다. 하지만 그의 이마에 파인 깊은 골은 여전히 펴지지 않았다. 여전히 현 상황이 마음에 들지 않는 것이다.

"명일 새벽 06시를 기해 위력 수색에 나선다."

"명을 따릅니다."

다시 수색이 시작되었다. 마히칸 백부장은 지난밤의 일을 잊고 필승의 신념을 다지며 수색을 시작했다. 시간이 없었다. 벌써 하루의 시간을 의미 없이 흘려보냈으니 오늘은 무슨 수를 내서라도 적에 대한 정보를 얻어내고 소기의 목적을 달성해야만 했다.

약간의 조급함과 짜증, 그리고 호기심이 마히칸 백부장의 피를 뜨겁게 달구고 있었다. 상대할 만한 적을 만난 것이다. 카테인 왕국군은 자신들이 숲속에 들어온 것을 알고 있을 터이다.

자신은 드러났고 적은 숨어 있다. 마히칸 백부장의 눈이 가늘어졌다. 그의 입가에는 진득한 살소가 떠올랐다.

그는 자신 있었다. 상대가 백인대 규모를 상회한다 해도 말이다.

'어떻게든 반응해라.'

옐간 산 전체를 외곽에서부터 치고 들어가고 있었다. 그렇게 되면 어떠한 반응이라도 할 것이다. 소규모의 전투가 이어지겠지만 결국 자신들이 승리할 것이다. 언제나 그랬다. 절대적인 병력의 열세가 아니면 자신들이 승리했다.

이번에도 다르지 않을 것이다.

"적이다!"

그때 좌측에서 소리가 들려왔다. 그들은 은밀하게 움직이지 않았다. 드러내 놓고 움직였다. 우리가 여기 있으니 와보라는 듯이 말이다. 그러니 은밀하게 의사소통을 할 필요도 없었다. 마히칸 백부장이 이끄는 80여 명의 전사가 소리가 들린 곳으로 향했다.

그들이 그곳에 도착했을 때 발견한 것은 목에서 뭉클뭉클 피를 쏟아내며 숨을 껄떡이다 죽어가는 전사였다.

마히칸 백부장의 눈이 날카로워졌다.

"경계!"

전사들이 일사불란하게 움직였다. 그 와중에 마히칸 백부장은 땅을 짚어 무언가를 만지작거렸다. 보통 사람의 눈에는 보이지도 않을 정도의 미세하게 남은 족적이다. 그 족적에는 무게에 짓이겨진 나뭇잎이 하나 존재했다.

물기가 남아 있다. 물기가 묻은 손가락을 코에 가져간 후 냄새를 맡아보는 마히칸 백부장. 냄새도 남아 있다. 아주 진하게 말이다. 전사 한 명의 목을 베고 사라진 적. 하지만 멀리 가지는 못했을 것이다.

마히칸 백부장은 눈을 감고 숨을 들이쉬었다. 짓이겨진 나뭇잎에서 흘러나온 미약한 냄새가 그의 콧속으로 스며들었다. 방향을 가늠하는 마히칸 백부장.

마침내 눈을 떴을 때, 그는 흰 이를 드러내며 웃었다.

적은 흔적을 남겼다. 흔적을 남기지 않았다고 자신했겠지만 자신의 시각과 후각, 그리고 경험은 결코 속일 수 없었다. 마히칸 백부장이 조심스럽지만 신속하게 산속을 가로질렀다. 그의 뒤를 따라 80여 명의 전사가 민첩하게 움직이고 있다.

빠르게 이동하던 마히칸 백부장의 신형이 점점 느려졌다. 그의 움직임이 느려지고 신중해졌다는 것은 적과의 접전이 가까워지고 있다는 것을 의미했다. 전사들이 긴장하기 시작했다. 그리고 마침내 마히칸 백부장의 멈춰 섰다.

우뚝!

멈춰 선 마히칸 백부장이 바라보고 있는 곳은 하나의 바위였다. 그리고 그 바위 위에는 한 명의 카테인 왕국군 장교가 앉아 있었다. 마히칸 백부장과 그 장교의 시선이 부딪쳤다. 카테인 왕국군의 장교가 기형적인 무기를 들면서 일어섰다.

스스슷!

그가 일어섬과 동시에 카테인 왕국군이 모습을 드러냈다. 마히칸 백부장의 눈썹이 꿈틀거렸다. 자존심이 상한 것이다. 의도적으로 자신들을 이곳으로 유인했다는 것을 단박에 알 수 있었기 때문이다.

그리고 그것보다 더 자존심이 상한 것은 두 배 이상의 전력이 아니라면 이런 깊은 숲 속에서는 꼬리를 말던 카테인 왕국군이 오히려 모습을 드러내고 있기 때문이다.

"기다리고 있었나?"

마히칸 백부장이 바이큰 족 언어로 물었다. 그런데 의외로 답이 들려왔다.

"멍청하지는 않군."

완벽한 바이큰 족의 언어였다. 놀라운 일이었다. 지금까지 이토록 완벽한 바이큰 족의 언어를 구사하는 자를 본 적이 없으니까. 하지만 그 놀람보다 앞선 것은 분노였다. 자신을 멍청하지 않다고 평가하는 가소롭기 그지없는 카테인 왕국군의 장교의 말 때문이다. 그에 마히칸 백부장의 입에는 피가 뚝뚝 떨어질 것 같은 진득한 살소가 머금어졌다.

"죽고 싶은 모양이로군."

그러면서 마히칸 백부장은 허리를 펴고 가슴을 폈다. 그리고 턱을 당겨 오만한 표정으로 자신의 백인대를 둘러싸고 있는 150여 명에 달하는 카테인 왕국군을 쓸어보았다. 마치 벌레를 바라보는 것 같은 포식자의 눈동자로 말이다.

쏴아악!

마히칸 백부장은 자신도 모르게 흠칫 몸을 떨었다.

뜨겁게 달궈졌던 그의 피가 순식간에 싸늘하게 식어갔다. 그리고 마히칸 백부장의 시선과 고개는 바람 소리가 나도록 빠르게 자신의 전신을 옭아매는 이 무지막지한 기세가 있는 곳으로 향했다.

"죽고 싶은 모양이로군."

자신이 했던 말 그대로를 되돌려 받았다. 바위 위에서 자신을 내려다보고 있는 거구의 카테인 장교. 그와 정면으로 시선이 부딪친 마히칸 백부장은 순간 상상조차 할 수 없을 만큼의 강한 압박을 받았다.

'이, 이건…….'

마히칸 백부장은 포식자의 눈을 보고 있었다. 중간계의 절대자로 일컬어지던 드래곤을 잡아먹는 전설의 신조 가루라의 눈동자를 볼 수 있었다.

덜덜.

마히칸 백부장의 전신이 가늘게 떨렸다.

콰악!

마히칸 백부장은 입술을 깨물었다. 입술이 이빨에 찢어지며 비릿한 향을 내며 진득한 액체가 입안을 적셨다. 그에 전신을 장악해 가던 두려움에서 벗어날 수 있었다.

"죽인닷! 우와아악!"

하지만 그뿐이었다. 더 이상 버틸 수 없었다. 더 이상 버틴다면 스스로 허물어질 것 같았다. 그래서 포효했다. 악을 쓰며 포효했다. 그를 따르는 바이큰 부족의 자랑스러운 전사들이 카테인 왕국군을 향해 미친 듯이 쇄도해 들어갔다.

퍼허억!

가장 선두에서 뛰어가던 마히칸 백부장의 앞에 번개와 같은 빛이 터졌다. 그의 신형이 아주 느릿하게 떠올라 튕겨져 나갔다. 그 와중에 마히칸 백부장은 볼 수 있었다. 바위 위에서 오연하게 서 있던 최상위 포식자가 움직이기 시작했음을 말이다.

기이하고 거대한 검이 백염을 토해내며 느릿하게 움직였다. 아니, 그렇게 보였다. 그는 알 수 있었다. 그가 느린 것이 아니라 자신의 감각이 느려진 것이다. 그것을 깨닫자 전신의 뼈가 자근자근 부서지는 듯한 충격이 전해졌다.

움직일 수는 없었지만 정신은 너무나도 멀쩡했다. 그는 무력하게 카테인 왕국군에게 도륙당하는 자신의 백인대 전사들을 바라볼 수밖에 없었다. 그의 눈동자는 최상위 포식자를 따라 움직였다.

아래에서 위로, 좌에서 우로 비껴가듯 스쳐 지나감에 여지없이 검붉은 핏물이 허공을 수놓았다. 두 번은 없었다. 단 한 번, 그 한 번에 두세 명의 전사가 우수수 죽어나갔다. 그야말로 무인지경이었다.

그의 앞을 가로막는 이는 아무도 없었다. 그뿐만 아니었다. 기이한 방패를 들고 검에 주황색 오러 포스를 줄기줄기 내뿜고 있는 대령 계급장을 단 노련한 중년 장교와 사방에서 휘몰아치며 전사들을 베어 넘기고 있는 세 명의 장교가 있었다.

그들만 있다면 놀라지도, 경악하지도 않았을 것이다. 카테인 왕국군의 부사관으로 보이는 이들 역시 만만치 않았다. 그

중 꽤나 크고 다부진 신체와 특이한 검을 가진 부사관은 중년의 장교보다 더 짙은 주황색의 오러 포스를 시전하고 있었다.

부사관은 키튼 상사였다. 그는 끊임없이 노력했다. 그리고 그 노력은 결코 그를 배신하지 않았다. 덕분에 키튼 상사는 어느새 중급의 실력자가 되었고, 이곳에서 그 실력을 현신시키고 있었다.

이해할 수 없었다.

겨우 백인대 규모의 병력이다. 어떻게 그런 중대급의 병력에 이리도 대단한 이들이 모여 있다는 말인가? 적어도 두 명은 아나하타 차크라를 연 차전사의 실력을 지녔고, 세 명의 장교는 사와디스타나 차크라를 연 하전사와 비등한 실력을 지니고 있지 않은가.

'어떻게……?'

마히칸 백부장은 입만 벙긋거릴 수밖에 없었다. 그의 몸은 여전히 자신의 통제하에 놓여 있지 않았다. 손끝 하나도 통제할 수 없었다.

다만 그의 정신은 말짱했다. 아주 선명하게 보고 들을 수 있었다. 자신을 따르는 전사들이 죽어가는 모습과 비명 소리를 여과 없이 볼 수도 들을 수도 있었다. 그것은 고문이고 고통이었다.

그에 그는 스스로 죽음을 택하려 했다. 하나 그것조차 마음대로 할 수 없었다. 그 순간 그의 뇌리를 울리는 잔혹한 목소리.

[똑똑히 보아라. 너의 부하들이 죽어가는 모습을 말이다. 그리고 전하라. 이곳에 들어서는 순간 이보다 더한 일을 겪을 것임을 말이다. 천이 오든 만이 오든 어김없을 것이라는 것을.]

'크흐으윽!'

마히칸 백부장은 피눈물을 흘렸다. 카테인 왕국군의 장교 카이론은 더욱더 잔인하게 바이큰 족의 전사를 주살해 나갔다. 그의 전신은 이미 바이큰 족의 죽어간 전사의 피로 범벅되어 있었다.

평소의 그라면 적을 죽인 후 튀는 피조차 그의 몸을 적시지 못하게 할 것이다. 하지만 지금은 아니었다. 그는 스스로 악마가 되기로 작정했다. 적은 자신을 악마로 생각해야 했다. 그래야만 지킬 수 있었다.

자신이 짊어질 생명의 무게가 무거우면 무거울수록 아군의 피해가 줄어든다.

촤하악!

비명조차 없었다. 검붉은 핏줄기가 카이론의 전신을 훑고 지나갔다. 하지만 이미 그의 시선은 죽은 바이큰 족 전사에게 가 있지 않았다. 지극히도 무심한 표정으로 또 다른 목표물을 찾고 있었다.

"아, 악마다."

누군가 그런 카이론을 가리켜 악마라 불렀다. 그리고 그들은 동시에 전설 속의 동물을 생각해 냈다. 선과 악을 관장하는 신화 속의 동물이자 드래곤을 먹이로 하는 동물, 바로 가루라를 말이다.

"가, 가루라……."

그때 누군가가 또 가루라를 입에 담았다. 그는 다름 아닌 마히칸의 부관이던 이산티였다. 그 또한 전신에 피를 흠뻑 뒤집어쓰고 있었다. 다만 그가 뒤집어쓴 피는 카테인 왕국군의 피가 아닌 바이큰 족 전사의 피였다.

카테인 왕국군의 병사들은 지독스럽게 조직적이었다. 절대 홀로 전사를 상대하지 않았다. 이인 일조로 철저하게 전사들을 상대했다.

바이큰 전사들이 아무리 일당백의 실력을 지녔다 하더라도 저들 역시 최전방에서 살아남은 최정예.

그리고 스와디스타나 차크라를 연 것처럼 보이는 세 명의 장교와 아나하타 차크라를 연 것으로 보이는 두 명이 더해지자 바이큰 전사들은 학살당할 수밖에 없었다.

그들은 진정한 일당백이라 할 수 있었다. 하전사와 병사들이 그들에게 달려들었지만 단 몇 수에 시체가 되어 땅바닥에 나뒹굴었다.

이산티는 고개를 떨궜다.

'졌다. 완벽하게 졌다.'

생각건대 카테인 왕국군은 자신들을 살려둘 생각이 없었다. 이산티의 시선이 튕겨져 나가 시체처럼 축 늘어져 있는 마히칸 백부장에게로 향했다. 그는 자신에게 무언가를 말하려는 것 같았다.

마치 후퇴하라는 듯이 말이다. 마히칸 백부장은 손끝 하나 움직이지 못하고 악마처럼 전사들을 학살하는 검은 거한을 보며 피눈물을 흘리고 있었다. 이산티의 시선이 검은 거한을 향했다.

'저자는… 한 명만 살려둘 것이다.'

그리고 그 한 명은 철저하게 제압해 놓은 마히칸 백부장이라는 것을 알 수 있었다. 이산티 부관은 주변을 훑어보았다.

전멸이었다. 80여 명에 달하던 1백인대가 전멸당하고 있었다.

비명 소리와 악다구니가 줄어들었다. 전사들은 그러함에도 끊임없이 카테인 왕국군을 향해 쇄도해 들어가고 있었다. 스스로 죽을 줄 알면서도 말이다. 이산티 부관은 피식 실소를 머금었다.

도저히 웃음이 나지 않을 것 같았으나, 그는 분명 실소를

짓고 있었다. 그리고 그의 양손에 쥐어진 쿠크리를 굳게 잡아
갔다.

"우와아아악!"

그는 미친 듯이 적장을 향해 쇄도했다. 적장은 때마침 한
명의 전사를 두 쪽으로 가르고 있었다. 혈인이 되어버린 적
장. 적장과 이산티 부관의 시선이 부딪쳤다. 적장의 눈이 달
처럼 휘어졌다.

이산티 부관은 알 수 있었다. 적장은 자신을 비웃고 있는
것이 아니었다. 그는 자신의 공격에 최선을 다하고 있었다.
전사로서 최고의 대우를 해주고 있는 것이다. 그에 이산티 부
관의 실소는 진심을 담은 미소로 변했다.

퍼걱!

이산티 부관은 심장에서 불에 지진 듯한 극한의 고통이 밀
려오는 것을 느꼈다.

"꺼어어……."

이산티 부관은 두 손에 들린 자신의 쿠크리를 놓쳤다. 전신
의 힘이 모두 빠져나가 설령 나뭇잎조차도 들 수 없을 것 같
았다. 그의 시선이 자신의 가슴을 바라보았다. 핏물에 절었으
나 여전히 그 날카로움을 잃지 않은 기형의 도신이 심장을 꿰
뚫고 등 뒤로 삐져나와 있다.

그의 입에서 진득한 핏물이 흘러내렸다. 핏물이 도신을 적

셨다. 이산티 부관의 시선이 서서히 이 기형적인 무기의 주인을 좇아 이동했다. 그와 시선이 부딪쳤다. 이산티 부관의 핏물을 게워내는 입가가 씰룩거렸다.

그가 서서히 손을 들어 카이론을 가리켰다. 카이론은 말없이 그를 바라볼 뿐이다.

툭!

마침내 이산티 부관의 무릎이 꺾였다. 그와 동시에 그의 고개가 아래로 떨궈졌다. 그가 죽은 것이다. 카이론의 무심한 시선이 죽인 이산티를 바라보았다. 그러다 아직 굳어져 자신의 몸에 대한 통제를 찾지 못한 마히칸 백부장에게로 향했다.

제2장
죽음의 전사

Warrior

　카이론은 언월도의 도첨을 움직이지 못하는 마히칸 백부
장의 목에 들이밀었다.

　꾸-우-욱!

　주르륵!

　인간의 나약한 피부를 뚫은 도첨이 피부를 베고 핏줄을 베
었다. 마히칸 백부장의 목에서는 검붉은색의 핏물이 흘러내
렸다.

　툭! 투둑!

　그 순간 마히칸 백부장은 전신에서 무언가 터져 나가는 듯

한 느낌이 들었다. 그리고 찾아오는 시원함. 마히칸 백부장은 이 시원한 감각이 무엇을 의미하는지 즉시 알 수 있었다. 하지만 여전히 자신이 무기력하다는 것은 달라지지 않았다.

마히칸 백부장의 입에서 독한 말이 흘러나왔다.

"죽여라!"

"……."

그러한 마히칸 백부장을 무감정한 눈으로 바라보는 카이론. 카이론은 슬며시 언월도를 거두어들었다. 그리고 마침내 언월도를 자신의 어깨에 걸쳤다. 마히칸 백부장은 두 자루의 쇼텔—S자로 구부러진 검—을 재빠르게 뽑아 들고 비스듬하게 카이론을 쏘아보았다.

카이론은 쿠크리보다 날렵하며 기이하게 구부러진 쇼텔을 바라보았다. 쇼텔이라는 무기는 원래 방패를 들고 있는 사람을 옆으로 쳐서 상대방에게 치명적인 상처를 입히는 검이다. 양날이고 구부러져 있다는 점에서 베기 공격에 적당했다.

그 특이한 모양으로 인해 검집 없이 그대로 허리에 차고 다녀야 했기에 은밀한 전투에는 어울리지 않았다. 반면 지나치게 독창적인 모양 때문에 연속적인 공격에 매우 효과적이었다.

"기회를 주지."

의외로 카이론의 입에서 흘러나온 언어는 바이큰 족의 언어였다. 그에 마히칸 백부장은 눈을 동그랗게 뜨며 놀라움을 표했다. 하지만 이내 분노에 찬 표정을 떠올리며 광폭한 기세를 피워 올렸다.

분노가 극에 달했음인가? 그의 전신을 붉게 타오르게 하던 불꽃이 점점 더 주황색으로 변해갔다. 극한의 분노에 다다름에 하복부에 똬리를 튼 차크라가 치고 올라가 비정상적으로 마니푸라 차크라를 열어버린 것이다.

마히칸 백부장의 눈동자가 붉게 물들어갔다. 그리고 그의 입술이 기이하게 일그러지기 시작했다. 그러한 그의 입술을 비집고 나온 소리는 듣기에 거북할 정도였다.

"크흐으, 흐흐, 죽.인.다!"

쾌에에엑!

그의 쇼텔이 마치 밤하늘에 떨어지는 유성처럼 카이론을 향해 쏟아졌다. 그 유성은 카이론의 근처에 이르러서는 황혼녘의 아름다운 주홍빛 노을처럼 세상의 모든 것을 태워 버릴 것 같은 무서운 기세로 사방을 물들였다.

실상과 허상의 구분이 안 되는 무시무시한 마히칸 백부장의 검격. 그 검격은 카이론의 전신을 먹어치울 듯싶었다. 하지만 그것은 오로지 마히칸 백부장의 생각일 뿐.

카이론의 언월도가 느릿하게 그의 어깨를 떠나 위에서 아래로, 아래에서 위로 움직였다.

아니, 그렇게 보였을 뿐이다. 그의 주변으로부터 10m의 범위의 수없이 많은 막이 생겨났다. 그 순간 고막을 찢어버릴 듯한 굉음이 그 둘의 전투를 지켜보던 이들을 강타했다.

따당! 따다다당! 콰아앙!

그 굉음의 충격이 어찌나 큰지 카이론과 마히칸 백부장 사이에 존재하는 모든 것을 바스러뜨리고 있었다. 풀과 돌, 바위와 나무가 가루가 되어 사라졌다. 하지만 굉음의 여파는 그들이 전투를 치르고 있는 방원 10m를 벗어나지 않았다.

병사들은 굉음에 놀라 본능적으로 귀를 막으며 움츠렸다. 하지만 그들에게는 아무런 영향이 없었다. 소리만 들려올 뿐이다. 그 순간 카플루스 자작과 소대장들, 그리고 키튼 상사는 볼 수 있었다.

굉음에 의한 충격파는 어떤 둥근 막에 의해 자신들에게 전해지지 않고 있음을 말이다. 이 중 그 누구도 그 충격파를 예상치 못하고 있었음에 충격파를 막은 둥근 막은 분명 그 찰나의 순간 카이론이 펼친 것이 틀림없었다.

'괴물… 이로군.'

카이론은 이미 그들이 상상조차 할 수 없을 정도의 경지에 도달해 있었다. 바이큰 족 백부장의 검격을 보자면 분명 익스퍼트 중급이 분명했다. 주황색이면 오러 포스의 경지이니까 말이다.

하지만 그 파괴력은 결코 중급의 경지가 아니었다. 지금 엄밀히 말해서 바이큰 족의 백부장은 버서커(Berserker) 상태로 평소의 몇 배에 해당하는 힘을 발휘하고 있었기에 그 파괴력은 상급의 경지라 할 수 있었다.

그런데 카이론은 그 모든 공격을 막아냄과 동시에 충격파를 상쇄시키고 있다. 그것은 카이론이 이미 익스퍼트 상급의 공격력을 가진 바이큰 족 백부장의 무력을 상회한다는 것을 의미했다.

그들이 카이론의 무력에 감탄을 터뜨리고 있을 때에도 마히칸 백부장은 공격을 멈추지 않았다. 방어를 도외시한 공격은 확실히 중급의 경지를 훨씬 뛰어넘고 있었다. 거기에 쇼텔이라는 기이한 무기는 연속 공격에 최적화되어 버서커가 된 마히칸 백부장은 미친 듯이 공격할 수 있었다.

마히칸 백부장이 가진 두 자루의 쇼텔과 카이론의 언월도가 부딪칠 때마다 엄청난 굉음과 충격파가 발생했다. 이미 그둘이 싸우는 반경 10m는 형편없이 일그러져 푸른 거죽을 거두었고, 축축한 물기마저 날려 보내 흙먼지가 자욱했다.

하지만 카이론은 웬일인지 공격하지 않고 방어만 하고 있을 뿐이다. 한쪽은 방어를 도외시한 공격일변도, 다른 한쪽은 공격을 무시한 방어일변도였다. 하지만 결국 그 파탄이 드러났다.

콰아앙!

"큭! 웨엑!"

짧은 신음 소리를 내며 뒤로 주르륵 밀려나며 한 움큼의 핏 덩이 쏟아내는 마히칸 백부장이다. 그제야 카플루스 자작과 소대장들은 알 수 있었다. 카이론은 방어만 한 것이 아니었 다.

그의 방어에는 공격이 숨어 있었다. 특히 카플루스 자작은 심장이 튀어나올 것 같은 심정으로 입을 벌리고 있었다. 그가 본 것이 맞는다면 카이론이 시전한 것은 바로 오러 리플렉트 (Aura Reflect, 반탄강기)였기 때문이다.

검술이 극한에 이르러 오러 블레이드(Aura Blade, 검강)를 펼치는 자를 소드 마스터(Sword Master)라 부른다. 그리고 소 드 마스터는 검술의 스승이라고 불린다.

작금 마스터라 불리는 자들이 바로 이 소드 마스터를 이름 이다. 하지만 검술의 경지에 있어서 소드 마스터가 끝은 아니 었다. 소드 마스터의 위로 그레이트 마스터(Great Master)와 그랜드 마스터(Grand Master)가 있다.

소드 마스터의 전유물이 오러 블레이드라면 그레이트 마 스터의 전유물은 오러 리플렉트였다. 그리고 그랜드 마스터 의 전유물은 오러 서클릿(Aura Circlet, 강환)이다.

하지만 당대에 있어, 아니, 근 수백 년간 그레이트 마스터나 그랜드 마스터가 등장한 적이 없다. 그저 고문서에서만 전해져 내려오는 전설과 같은 경지일 뿐이다.

카플루스 자작 역시 자신의 벽을 깨기 위해 수없이 많은 검술서와 그에 관련된 서적을 읽지 않았다면 그 명칭조차 제대로 생각해 낼 수 없을 그레이트 마스터의 전유물인 오러 리플렉트.

카플루스 자작이 심장이 튀어나올 정도로 입을 벌리고 있을 동안, 카이론은 여전히 무표정한 얼굴로 언월도를 어깨에 걸치고 있었다. 그는 여유롭게 핏덩이를 토해내며 전신을 부들부들 떨고 있는 마히칸 백부장에게 걸음을 옮겼다.

그리고 그의 앞에 우뚝 섰다.

"전하라. 도전은 얼마든지 받아준다. 하지만 명심하라. 도전의 끝은 죽음임을."

"크으으… 크윽!"

그 말을 남기고 카이론은 신형을 돌려 미련 없이 걸어갔다. 그리고 답답한 신음성을 흘리던 마히칸 백부장이 경련을 멈추더니 스르르 앞으로 쓰러졌다. 카플루스 자작과 선봉 1중대원들은 순간 주춤거렸다. 어떤 상황인지 파악하지 못했기 때문이다.

그러나 이내 말없이 신속하게 움직여 카이론의 뒤를 따랐다. 카이론의 의도를 읽어낸 소대장들이 그의 뒤를 따랐기 때문이다. 하지만 카플루스 자작은 그저 멍하게 입을 벌린 채 그 자리에 그대로 서 있을 뿐이다.

"도대체… 그대는 누구인가?"

그리고 그의 벌어진 입을 비집고 흘러나오는 신음과도 같은 가늘다가는 목소리. 지내면 지낼수록, 알면 알수록 더욱더 알 수 없는 사람이 되어가는 카이론 에라크루네스 중대장이었다.

불과 열여덟이다. 그런데 전설 속에서나 존재하는 오러 리플렉트라니. 도대체 말이 안 되는 소리였다. 전혀 상식적이지 않는 자. 그는 대체 누구인가? 사람인가? 혹여 전설의 드래곤인가? 아니면 바이큰 족 전사 중 누군가 말한 가루라인가?

툭!

그때 그의 어깨를 누군가 툭 쳤다.

"안 가십니까?"

카플루스 자작은 순간 입을 다물고 자신의 어깨를 두드린 자를 바라보았다. 키튼 상사였다.

"가, 야지."

"가시지 말입니다."

"그래……."

여전히 얼이 빠진 듯 행동하는 카플루스 자작이다. 키튼 상사는 말없이 그를 수행했다. 그는 중대 선임상사였지만 지금 현재는 연대 선임상사 겸 연대장의 부관 임무까지 맡고 있다.

그리된 연유는 지원 병력이 도착하려면 아직 멀었기 때문이다. 연대장은 있지만 연대장의 부관도 없고 본부 대대조차 없었다. 그래도 구색은 맞춰야 했기에 임시지만 키튼 상사에게 그 임무가 맡겨진 것이다.

"그는… 누굴까?"

카플루스 자작은 자신도 모르게 속에 담고 있어야 할 말을 외부로 표출하고 말았다. 순간 자신이 하지 않아야 할 말을 했다는 듯이 화들짝 놀라는 카플루스 자작이다. 하지만 키튼 상사는 별것 아니라는 듯이 심드렁하게 답했다.

"비수 연대 선봉 1중대 중대장 대위 카이론 에라크루네스 지 말입니다."

누구나 다 알고 있는 답이다. 카플루스 자작의 시선이 키튼 상사에게로 향했다. 하지만 키튼 상사는 그것을 아는지 모르는지 여전히 전방에 시선을 두고 움직이며 입을 열었다.

"드래곤이면 어떻고 가루라면 어떻겠습니까? 중대장님은 여전히 중대장님일 뿐인데 말입니다. 설사 사라진 종족이라 할지라도 달라질 것은 없지 말입니다."

키튼 상사의 말에 카플루스 자작은 순간 자신이 부끄러워지는 것을 느꼈다. 이들과 자신이 1중대장을 만난 것은 불과

5개월의 간격이 있을 뿐이다. 하지만 이들은 1중대장을 의심하지 않았다.

따지고 보면 이들이나 자신이나 다를 것은 하나도 없었다. 듣기로 키튼 상사는 에라크루네스 1중대장에게 사사했다고 했다. 또한 세 명의 소대장 역시 그에게 가르침을 받아 익스퍼트에 진입했다고 들었다.

자신 역시 그에게 구함을 받았고 생명의 빚을 지고 있으며, 검을 사사하지는 않았지만 그 지독스러운 기초 훈련 덕분에 20년간 허물지 못한 벽을 허물고 마침내 익스퍼트 중급에 도달할 수 있었다.

어찌 보면 자신은 이들보다 더 많은 빚을 지고 있는지도 모른다. 한데 그러한 자신은 그를 끊임없이 의심하고 있던 것이다. 옛 성현의 말씀에 복수는 잊고 살아도 은혜는 잊고 살지 말라고 했다.

자신은 복수를 원하면서, 혹은 복수를 위해 누군가를 이용하려고만 했지 은혜를 각인하고 믿으려 하지 않았다. 자신이 도대체 이들과 무엇이 다른가? 단순이 귀족이라는 것을 제외하고는 말이다.

그러면서도 카플루스 자작은 자신의 심경적인 변화에 상당히 놀라고 있었다. 철두철미하게 신분의 벽을 강조하는 귀족 사회에서 나고 자란 자신이다. 과거였다면 과연 자신은 이런 유연한 생각을 할 수 있었을까 하는 생각이 들었다.

결론은 아니었다. 최근 몇 개월간 자신이 육체적으로나 정신적으로나 극한의 경험을 한 것은 사실이다. 극한의 경험은 결국 자신의 생각마저 변하게 했다. 그리고 그러한 자신의 변화가 결코 싫지는 않았다.

"그렇군. 달라질 것은 없군."

"그렇지 말입니다. 달라질 것은 없지 말입니다."

둘은 같은 말을 반복하며 서로를 보며 웃음을 떠올렸다. 이심전심(以心傳心)이다.

그들이 그렇게 카이론에 대한 믿음을 확인하는 동안 카이론은 아시커나크 차전사와 독대하고 있었다.

"꼭 그래야만 했나?"

"무엇을 말인가?"

"그들을 꼭 그렇게 겁박하고 전멸시켜야만 했냐는 말이다."

아시커나크 차전사의 말에 빤히 그를 바라보는 카이론이다. 그리고 이내 입을 열었다.

"뭔가 착각하고 있군."

"착각?"

"그들은 적이다. 적에게 과연 자비가 필요한 것인가? 전장에 예의가 필요한가? 너는 어떤가? 적을 죽이는 데 자비와 예의를 지키는가?"

"너의 왕국에는 기사도가 있지 않나?"

"나는 군인이지 기사가 아니다."

"부정하는 것인가?"

"웃기는군. 삶과 죽음을 가르는 전쟁에서 인정이 필요하다고 생각하는가? 전쟁은 가장 인간적인 일이다. 세상의 모든 존재가 스스로의 욕심으로 동족을 죽이는 경우는 없다. 인간만이 욕심에 의해서 동족을 죽일 뿐. 그것이 전쟁이다. 아무런 이유 없이 동족을 죽이는 잔인한 인간의 유희 말이다."

카이론의 말에 아시커나크 차전사는 할 말이 없었다. 동물이나 몬스터는 배고파서 사냥을 한다. 유희로 사냥하지 않는다. 하지만 인간은 동족을 먹지도 않고 배가 고파서 사냥하지도 않는다.

인간의 전쟁은 달랐다. 이념과 이득에 의해 전쟁을 하고 서로의 가슴에 검을 쑤셔 박고 목을 자른다. 그것이 인간이다. 그리고 인간은 전쟁을 미화시키기 위해 기사도라는 것으로 치장하고 있다.

전쟁은 그 무엇으로 치장한다 해도 결코 정당화될 수 없었다. 전쟁은 그 자체로 잔인한 것이지 미화될 수 있는 것이 절대 아니었다.

카이론의 말에 아시커나크 차전사는 자신은 전쟁을 미화

해서 생각하고 있었다는 것을 느꼈다. 실제 전투에서 자신과 아무런 관계가 없는 카테인 왕국군의 심장을 찌르고 목을 자르면서 잔인하다는 생각을 한 번도 해보지 않았다.

그런데 지금에 와서 잔인하다는 생각을 했다. '이유가 뭘까?' 하고 생각해도 답은 없었다. 하지만 카이론의 말에 답을 얻을 수 있었다. 자신이 약자이기에 잔인함을 느끼는 것이다. 자신이 약자이기에 자비를 바라는 것이고 기사도를 바라는 것이다.

자신은 전장에서 강자였다. 그러하기에 잔인함을 느끼지 못했다. 스스로의 우월감에 취해서 말이다. 하지만 지금은 약자였다. 목숨을 구걸했고 자신의 목적을 달성하기 위해서 강자의 힘을 이용했다. 자신의 부족을 재건한다는 명분으로 부족을 배신했다.

이것이 과연 정당한 것인가?

답은 없었다. 왜냐하면 자신은 전사이기 전에 인간이기 때문이다. 지금 이 순간에도 자신은 자신을 정당화시키고 합리화시키고 있었다. 그리고 선택을 강요받고 있었다. 인간의 삶이란 언제나 선택의 연속이니까 말이다.

"너는 확실히 해야 할 것이다. 배신자로 남을 것인지, 아니면 부족을 위한 영웅이 될 것인지 말이다."

그 말을 끝으로 카이론은 신형을 돌렸다. 더 이상 할 말이 없다는 완곡한 표현이다. 아시커나크 차전사는 딱딱하게 굳은 얼굴로 카이론의 등을 바라볼 뿐이었다.

'나는… 자격이 없었다.'

그랬다. 자신은 자격이 없었다. 카이론이란 자는 인간이 잔인하다는 것을 인정하고 그 속에서 최선을 다하고 있었다. 그가 전장에서 잔인해지면 잔인해질수록 피해를 덜 수 있었다.

그래서 가장 무거운 짐을 지고자 자청한 것일 게다. 그가 적에게 자비를 베풀지 않고 잔인하게 도륙하는 연유가 그것일 게다. 그리고 그는 스스로 자신을 합리화하지 않고 있었다.

'나라면?'

자신이라면 어떠했을까? 그는 스스로 합리화하고 있었다. 바이큰 부족을 배신한 것이 자신을 위한 것이 아닌 부족의 재건을 위한 것이라고 말이다. 그래서 아직까지 망설이고 있었다. 그의 뇌리 깊은 곳에서는 아직도 자신은 바이큰 부족이라는 인식이 남아 있기 때문이다.

언젠가는 다시 바이큰 부족이 되어야 할 자신이고, 자신의 부족 역시 바이큰 부족이기 때문에. 그래서 배신했지만 진심으로는 카이론이라는 자에게 협조하지 않고 있었다. 두 번의 전투에서 그는 바이큰 부족의 경로를 알렸을 뿐 어떤 전투 행위도 하지 않았다.

알량한 자존심이었다. 그것을 깨닫는 순간 아시커나크 차전사는 힘없이 웃어버렸다. 이 얼마나 부끄러운 일인가? 자신은 스스로 변명거리를 찾고 있었던 것이다. 자신의 목적이 실패했을 경우를 대비해서 말이다.

"나는 목숨을 구걸하고 있었구나."

그는 목숨을 구걸하고 있었으며, 자신이 약하니 보호해 달라고 떼를 쓰고 있었다. 아시커나크 차전사는 그 자리에 털썩 주저앉았다. 부끄러워 죽을 지경이다. 얼굴을 들 수 없었다.

그는 고개를 숙인 채 두 손으로 얼굴을 감싼 자세로 한참 동안 앉아 있었다. 그리고 마침내 얼굴을 감싼 손을 풀고 숙이고 있던 고개를 들어 자리에서 일어났다. 그의 얼굴은 평온해 보였다.

"삶이 그대를 속일지라도 노하거나 서러워하지 말라. 절망의 나날, 참고 견디면 기쁨의 날 반드시 찾아오리라."

과거의 전투 중 어느 시체에서 집어 든 한 장의 양피지에서 얻은 현기 어린 말이 자신도 모르게 입에 담기고 있었다. 그는 고개를 살짝 끄덕인 후 걸음을 옮겼다. 지금껏 1중대와 동떨어진 곳에 있던 그가 그들 속으로 걸어 들어가고 있었다.

＊　　　＊　　　＊

꿈틀.

죽은 듯 누워 있던 마히칸 백부장의 손가락 하나가 움직였다. 그 위로 아무것도 모르는 설치류 한 마리가 쪼르륵 달려가고 있다.

콰악!

찌이익!

미세한 움직임을 보이던 마히칸 백부장의 손에 설치류 한 마리가 잡혀 있다. 마히칸 백부장은 그대로 설치류를 입으로 가져갔다.

으적!

그는 그대로 설치류의 머리 부분을 씹어 먹었다. 머리가 사라진 설치류의 앞발과 뒷발이 바르르 떨렸다. 마히칸 백부장의 입가에 검붉은 핏물이 흘러내렸다.

으적!

또 한 입, 그리고 마지막 한 입.

세 입 만에 설치류를 모두 먹어치운 마히칸 백부장은 느릿하게 신형을 돌려 터벅터벅 숲을 벗어나기 시작했다. 그의 동공은 분노에 차 있는 것이 아니었다.

그의 동공은 희미하게 풀려 있었다. 살아 있는 사람이 아닌 것처럼 말이다. 그는 느릿하게 걸어가는 와중에도 계속 무언가를 잡아 입으로 가져갔다. 그것은 본능적인 행동이었다. 움직이기 위한 최소한의 체력을 보존해야만 했다.

그리고 그 체력을 보존하기 위한 최고의 행동은 바로 동물의 살을 섭취하는 것이다. 작은 동물이라도 상관없었다. 아니, 굼벵이도 상관없었다. 체력을 보존할 수 있는 것이라면 무엇이든 그의 입속으로 빨려들고 있었다.

그렇게 그가 이틀을 걸어 도착한 곳은 바로 본대가 진지를 마련하고 있는 곳이었다. 마히칸 백부장은 비척비척 본대의 경비 전사가 있는 곳으로 다가갔다.

"서라! 누구냐!"

"……."

하지만 대답은 없었다. 그저 걸어갈 뿐이다.

"누구냐!"

경비 전사가 무력을 투사할 듯한 자세를 취하자 누군가의 손이 경비 전사의 팔을 잡아 내렸다.

"마히칸 백부장이다."

그는 마히칸 백부장을 알고 있었다. 그럴 수밖에 없다. 마히칸 백부장이 찾아간 곳은 9천인대가 있는 곳이니 말이다. 경비 전사의 행동을 막은 이네아스자(올빼미) 백부장은 얼굴을 구길 수밖에 없었다.

'행동이······.'

이상했다. 결코 평소의 마히칸 백부장의 움직임이 아니었다. 마히칸 백부장은 이네아스자 백부장 앞으로 다가와서 느릿하게 손을 들어 그의 어깨에 손을 올렸다. 그리고 허물어지듯 그의 품속으로 쓰러졌다.

"죽음··· 의··· 전사······."

이네아스자 백부장의 귓가에 들릴 듯 말 듯 작은 목소리로 그 말을 내뱉고는 축 늘어지며 무릎을 꺾었다. 부지불식간에 이네아스자 백부장은 마히칸 백부장을 부축할 수밖에 없었다. 그의 시선은 마히칸 백부장을 바라보다 다시 멀리 떨어져 있는 엘긴 산을 바라보았다.

"도대체 무슨 일이 있었던 것이냐?"

알 수 없는 복잡한 눈빛으로 홀로 뇌까리는 이네아스자 백부장이다.

마히칸 백부장이 본대에 돌아오자 8천부장과 9천부장은 긴급회의를 소집했다. 적정을 살피기 위해 위력 수색에 나선 백인대 중 마히칸 백부장 혼자만 살아서 돌아온 것이다. 아니, 살아 있으나 살아 있다고 할 수 없었다.

그는 본대에 돌아온 이후 한 번도 정신을 차린 적이 없으니 말이다.

수색대가 전멸했다는 믿을 수 없는 소식과 그런 그가 내뱉은 '죽음의 전사'라는 단어가 바이칸 부족을 긴장하게 만들었다.

여기 있는 이들은 모두 죽음의 전사가 무엇을 의미하는지 알고 있다. '가루라'라 불리며 '신의 전사', 혹은 '죽음의 전사'라 불리는 존재. 가루라는 두 가지의 모습을 가진다.

바이큰 족에서 모습을 보인다면 신을 대리하는 신의 전사가 되어 바이큰 족을 하나로 이끄는 대전사를 의미한다.

반대로 바이큰 족 이외에서 그 모습을 현신하면 바이큰 족에게 천벌을 내리기 위한 죽음의 전사를 뜻한다. 그런 신화 속의 동물인 가루라가 모습을 드러낸 것이다. 그것도 죽음의 전사가 되어서 말이다.

"미친! 무슨 말도 안 되는! 전설은 전설일 뿐이다! 애초에 일거에 들이쳐 적을 섬멸해야 했어."

9천부장인 고야틀레는 재고의 가치도 없다는 듯이 툴툴거렸다. 그는 여전히 호전적으로 지금 당장에라도 병력을 일으켜 엘긴 산으로 짓쳐들기를 원했다. 하지만 8천부장인 와그니스카는 결코 그렇지 않았다.

와그니스카는 조용히 고개를 저었다.

"말도 안 되는 말이기는 하나 그렇다고 참고하지 않아서는 안 될 일이야."

"적을 너무 얕잡아봐서 치명적인 실수를 저지른 것이 아니란 말인가?"

"마히칸 백부장이 그럴 만한 자인가?"

"……."

와그니스카의 물음에 말문이 막힌 고야틀레였다. 그는 알고 있었다. 절대 적을 얕잡아볼 마히칸 백부장이 아님을 말이다. 그래서 화가 났다. 자신이 믿는 자신의 부하이다.

그런데 정신이 이상한 상태로 겨우 목숨만 붙어서 본진에 도달했다. 화가 나지 않을 수 없었다. 그토록 증오하는 카테인 왕국군에 졌다는 것도 분하지만 형제와 같은 이가 죽음에 직면해 있다.

고야틀레는 와그니스카의 눈동자를 직시했다. 둘은 서로의 눈동자를 깊숙하게 응시했다. 그들은 서로의 마음을 읽을 수 있었다.

와그니스카는 타슈카 위트코의 명을 충실히 이행하고 싶어했다. 여의치 않을 경우 군을 추슬러 엘긴 산을 과감히 포기하고 후퇴하라는 명을 말이다.

고야틀레의 입술이 일그러졌다.

"나는… 그렇게 못하겠다."

"고야틀레!"

고야틀레 9천부장의 말에 와그니스카 8천부장의 목소리가 커졌다. 그에 고야틀레 9천부장이 자리를 박차고 일어섰다.

"나는 그렇게 못하겠단 말이다! 내 형제와 같은 부하를 잃고 이대로 물러날 순 없단 말이다!"

"명령이다!"

와그니스카가 막사를 나서려는 고야틀레의 앞을 가로막으며 강한 어조로 말했다.

"형제와 같은 부하의 죽음 앞에서 물러서라는 명령이라면… 지킬 수 없다."

그렇게 말한 고야틀레 9천부장은 자신의 목에 걸려 있는 늑대 이빨 다섯 개로 만들어진 목걸이를 뜯어내 바닥에 집어 던지며 와그니스카 8천부장의 곁을 스쳐 지나갔다. 9천인대의 백부장들 역시 늑대 이빨 세 개가 연결된 목걸이를 뜯어냈다.

"고야틀레!"

와그니스카는 고야틀레를 불렀다. 하나 돌아오는 답은 없었다. 그는 주먹을 꽉 움켜쥐며 어금니를 깨물었다.

"어떻게 하시겠습니까?"

그때 10백부장인 텐스콰라와(소음을 만드는 사람)가 물었다. 그의 물음에 침묵하던 와그니스카 8천부장이 무겁게 입을 열었다.

"군을 물린다."

"하지만……."

"적정을 알 수 없다. 지금은 지켜야 할 때. 사적인 감정으로 움직일 때가 아니다."

"…알겠습니다."

명을 받은 텐스콰라와 백부장이 막사를 나가자 와그니스카는 무너지듯 의자에 털썩 주저앉았다. 그리고 그 자세 그대로 아무런 말도 없이 한참 동안 움직이지 않았다. 잠시 후 그가 갈라진 목소리로 입을 열었다.

"후우～ 미안하다, 고야틀레!"

아마도 승리할 수도 있을 것이다. 하지만 와그니스카가 보기에 그들은 틀림없이 실패할 것이 분명했다. 왜냐하면 자신들은 엘긴 산에 있는 적에 대해서 아는 것이 아무것도 없기 때문이다.

'배쉬로'를 통해 전해온 엘긴 산을 지키는 적의 병력은 고작해야 150명 남짓이라고 했다. 하지만 와그니스카는 인정할 수 없었다. 9천인대 1백인대는 9천인대에서 선봉 백인대로서 9천인대의 최정예라 할 수 있었다.

그 정도 실력의 백인대라면 적어도 카테인 왕국군의 두 개 중대 정도는 충분히 감당할 수 있었다. 그런데 전멸당했다. 그렇다는 것은 최소한 저 엘긴 산에는 1백인대를 압도할 만큼의 병력이 주둔하고 있다는 것을 의미한다.

그리고 엘긴 산의 지리를 정확하게 파악하고 있다는 것도 포함된다. 그들은 엘긴 산을 그들이 전투를 치를 수 있는 최적의 장소로 만들었을 것이다. 엘긴 산 자체가 하나의 거대한 성과 같다는 말이다.

비록 두 개 천인대지만 엘긴 산의 적이 1천 명이라면 승보다는 패를 점칠 수밖에 없다. 적어도 한 개 천인대는 더 있어야 승리를 장담할 수 있을 것이다. 이 상황에서 와그니스카 8천부장이 내릴 수 있는 최적의 판단은 역시 후퇴였다.

또한 이미 타슈카 위트코의 부관인 라파하녹으로부터 여의치 않을 경우 즉각 후퇴하라는 말까지 전해 들은 상황이니 당연히 후퇴해야 했다. 변수라면 고야틀레 9천부장의 성정이었는데 역시나였다.

와그니스카는 무겁게 몸을 일으켜 막사 밖으로 빠져나왔다. 8천인대는 철수를 준비하고 있었고, 9천인대는 이미 병력을 추스르고 말을 몰아 엘긴 산으로 향하고 있었다.

'불길하다.'

불길한 느낌이 그의 심장을 옥죄어왔다.

"철수 준비가 완료되었습니다."

"잠시, 잠시 대기한다."

"명!"

모든 것을 결정하고도 그는 망설였다. 아쉬움이 남기는 했다. 하지만 냉철하게 판단해서 지금은 물러설 때였다. 서로

견제하고 있는 지금의 상황에서 전력을 유지하는 것은 필수 불가결한 일이다.

지금은 명분보다는 실리를 챙겨야 할 때였다. 그래서 타슈카 위트코는 실리를 택한 것이다. 자신도 그렇고 말이다.

"무운을 빈다."

그 말은 남긴 와그니스카 8천부장은 곧바로 말에 올라탔다.

*   *   *

"시창구(불에 덴 허벅지), 웨야피어센와(푸른 깃털)!"

고야틀레 9천부장의 부름에 두 명의 전사가 앞으로 나왔다.

"좌익과 우익을 맡는다."

"명!"

그들은 즉시 움직였다. 두 개의 백인대가 중심으로부터 멀어졌다.

"타코타(친구)!"

"명을!"

"후위를 담당한다."

또 하나의 백인대가 본대로부터 멀어지며 후위를 형성했다.

"포카혼타스(작은 장난꾸러기)!"

한 명의 키 작고 다부진 전사가 앞으로 나섰다.

"전위에 나선다."

"명!"

"마흐피야슈커(붉은 남자), 루타슬레이(구름 같은 사람)!"

"명을!"

"전위를 보조한다."

엘긴 산에 진입하기 전 진형이 갖추어졌다. 총 9백여 명의 전사가 일사불란하게 움직이며 명령을 수행했다. 그리고 진형이 완벽하게 갖추어지는 그 순간 고야틀레 9천부장의 입이 열렸다.

"전군! 앞으로!"

9천인대가 엘긴 산으로 진군을 시작했다.

그 순간 그들의 움직임을 하나도 빼지 않고 지켜보는 이가 있었으니 바로 카이론이었다. 그는 그들이 엘긴 산으로 진입하는 그 순간 목에 걸린 네크리스를 만지며 입을 열었다.

"전군! 위치로!"

150 대 900의 전투가 시작됐다. 카이론은 다시 저격총의 망원 스코프에 눈을 가져다 대었다. 그 순간 그의 곁으로 그림자가 드리워졌다.

"무슨 일인가?"

카이론은 고개를 돌리지 않았다. 그에게 그림자를 드리운 존재가 누구인지 보지 않아도 아는 탓이다.

"임무를 다오."

갈라진 듯 묵직한 음성이 토해져 나왔다. 카이론은 망원 스코프에서 시선을 떼고 자신에게 그림자를 드리운 자를 바라보았다. 그러다 다시 망원 스코프로 시선을 돌리는 그다.

"누구를 원하나?"

"이로쿼이!"

"누구지?"

기실 카이론은 그가 누군지 모른다. 적에 대한 정보가 없는 상황이니 말이다.

"지금 전투를 치르고 있는 천인대 수장의 부관이다."

카이론은 말없이 고개를 끄덕였다. 그의 행동으로는 대체 무슨 생각을 하는지 알 수 없었다. 승낙을 하는 것인지 부정을 하는 것인지 말이다. 하지만 이내 들려오는 카이론의 말에 미미하게 입술 꼬리를 말아 올리는 아시커나크 차전사였다.

"보겠다."

"고맙군."

카이론은 이유 따위는 묻지 않았다. 물을 필요도 없었다. 이미 전투는 시작되었고, 지금은 전투에 집중해야 할 때였다.

그리고 그의 망원 스코프의 십자선에 목표물이 걸렸다.

'공포가 무엇인지 알려주마.'

끼릭!

미세한 소음이 그의 손가락에 걸린 방아쇠로부터 흘러나왔다.

투웅!

그의 손가락이 당겨지고 한 발의 총탄이 쏘아져 나갔다. 그리고 그의 망원 스코프에는 고개가 뒤로 확 젖혀지는 전사 한 명이 잡혔다. 그때부터 시작이었다. 카이론의 총구가 다음 목표물을 찾아 움직이기 시작했다.

전위를 맡아 신속하면서도 은밀하게 움직이던 포카혼타스 3백부장의 고개가 뒤로 확 젖혀졌다. 피가 분수처럼 쏟아지며 서서히 허물어지고 있다. 3백인대는 순간 그 자리에 그대로 얼어붙었다.

그것이 시작이었을까?

하전사들이 차례대로 그 자리에서 그대로 허물어지기 시작했다. 소리도 없었다. 모습도 보이지 않았다. 그런데 단 한 발에 정확하게 미간을 관통했다. 순식간에 열한 명의 백부장과 십부장이 죽음을 맞이했다.

불과 몇 분 만이다. 전방의 상황을 깨닫고 전위의 뒤를 받치던 4백부장과 5백부장이 다급하게 산개하라는 명령을 내렸을 때, 전위를 맡았던 3백인대는 이미 머리 없는 몸통과 같은 신세가 되었다.

전위가 소란스러워졌다. 그에 고야틀레가 외쳤다.

"무슨 일인가?"

그의 물음에 10백부장인 이로쿼이가 다급하게 말했다.

"기습입니다."

"기습?"

고야틀레는 눈살을 찌푸렸다.

적의 반격을 충분히 감안한 작전이 아닌가? 그 정도쯤은 문제없이 해결해야만 했다. 그런데 전위가 어수선한 것이 문제를 해결한 것 같지가 않았다.

"통신을 해봐!"

고야틀레 9천부장은 마음에 들지 않았지만 마법 통신을 시도했다. 인정하기는 싫지만 이런 산중에서는 카테인 왕국군의 마법 통신 크리스탈이 상당히 유용하기 때문이다.

"여기는 이로쿼이. 포카혼타스 응답하라. 이상!"

"……."

통신은 가는데 응답이 없다. 왠지 불길한 느낌이 들었다.

"신속하게 이동한다."

은밀함은 포기했다. 고야틀레 9천부장은 이동을 명령했다. 전위가 있는 곳으로 좌우익이 움직이고, 후위를 맡은 타코타의 2백인대가 빠른 속도로 전진해 들어갔다. 하지만 그들은 아직 모르고 있었다.

이것이 시작이라는 것을 말이다. 기본적으로 백인대와 백인대의 거리는 5㎞ 내외. 이런 깊은 산중에서 5㎞는 평원에서 15㎞의 거리와 같다. 한마디로 인간의 눈으로는 절대 서로를 파악할 수 없다는 것을 의미했다.

다만 소리만 들릴 뿐이다. 그러한 와중에 그들이 움직이고 있는 것이다. 특히 후위를 맡은 타코타 2백인대는 전위와는 10㎞ 이상 이격된 거리이다.

"신속히 이동한다."

타코타 2백부장의 말에 좌우로 넓게 퍼져 있던 전사들이 사열횡대로 모이며 빠르게 앞으로 치고 나갔다. 사열횡대라고는 하지만 그리 가깝지는 않은 거리였다. 전후좌우의 거리가 족히 5m 이상은 되었다.

한 명의 전사가 빠르게 장애물을 뛰어넘으려는 순간이었다.

훅!

그 순간 전사의 눈이 홉떠지며 튕기듯 위로 떠올랐다. 그리고 대지에 떨어졌다. 하지만 소리는 나지 않았다. 수풀 속에서 무언가 튀어나오며 죽은 전사를 받아내었기 때문이다. 전사의 목에는 예의 새끼손가락만 한 날카롭게 벼려진 비수가 박혀 있다.

목이 걸려 허공으로 떠오르거나 수풀이 꺼지며 땅 속으로 사라졌다. 빠르게 달리다 영문도 모른 채 목이 잘려 나가기도 했다. 그것은 불과 몇 분 사이 이루어진 일이었다. 선두에 서서 빠르게 달리던 타코타 2백부장은 기이한 위화감에 어느 순간 손을 들어 이동을 멈췄다.

그가 뒤를 돌아 인원을 점검했다. 1백 명이어야 할 인원이 겨우 81명만이 남았다.

"경계!"

그에 전사들은 방어 진형을 갖추었다. 하나 적은 이미 그것을 감안이라도 했다는 듯이 그들이 방어 진형을 꾸리는 한가운데 함정을 설치해 두고 있었다.

"허억!"

중앙에 들던 전사가 위를 쳐다보며 그대로 굳었다. 순간 동료 전사가 같이 위를 쳐다보았다.

"피……."

콰자자작!

경고할 시간조차 없었다. 날카로운 창이 촘촘하게 꽂힌 함정이 그대로 그들의 머리 위로 떨어져 내렸다. 서너 명의 전사가 피떡이 되어 죽어나갔다.

휘이잉!

미처 방비하기도 전에 또 다른 함정이 발동되고 있었다. 날카로운 창이 촘촘하게 박힌 거대한 통나무가 네댓 명의 전사를 그대로 쓸고 지나간 것이다. 창에 꽂힌 전사들이 벗어나기 위해 용을 써봤지만 벗어날 수 없었다.

창날이 낚싯바늘처럼 휘어져 있어 빠져나오기가 더욱더 힘들었기 때문이다. 창에 꿰뚫린 전사들은 핏덩이를 쉴 새 없이 토해내고 있었다.

"이, 이탈한다!"

타코타 2백부장이 내릴 수 있는 명령은 그것뿐이었다. 적은 보이지 않고 지독스러운 함정은 계속해서 발동되고 있었다. 어떠한 이성적인 판단도 내릴 수 없었다. 수없이 많은 전투에 참여했지만 이토록 지독하고 잔인한 함정은 들어본 적이 없다.

"후욱!"

타코타 2백부장은 거친 숨을 내쉬며 거대한 아름드리나무 밑으로 숨어들며 주변을 살폈다. 적막했다. 아무런 냄새도, 소리도 들리지 않았다. 그의 시선이 먼 곳에서부터 가까운 곳으로 좌에서 우로 잠시의 지체도 없이 훑었다.

그때였다.

차가운 감촉이 그의 목에 느껴졌다. 그의 눈이 커졌다. 전혀 예상치도 못했다. 하지만 적은 이미 예상하고 있었다.

스걱!

날카로운 검이 타코타 2백부장의 목을 거침없이 그어내렸다. 핏물이 쏟아지며 그의 신형이 앞으로 쓰러졌다. 그러자 거대한 나무 둥치에서 마치 뱀이 허물 벗듯이 벗겨지며 한 명의 사내가 모습을 드러냈다.

엔그로스 중위였다.

"후위 전멸. 좌익으로 이동한다."

엔그로스 중위는 보고 이후 미련 없이 신형을 돌려 이동하기 시작했다. 지금 이와 같은 상황은 비단 이곳에서만 일어나고 있는 현상이 아니었다. 우익과 전위에서도 일어나고 있었다.

동시다발적으로 일어나는 은밀하고도 신속하며 과감한 작전은 9천인대의 전사들을 공포와 혼란에 빠뜨리기에 충분했다. 실제로 전사 중에서 극도의 긴장감 때문에 작전 명령을 무시하고 이리저리 흩어지고 있는 이들이 나타나기 시작했다.

그들은 여지없이 목 없는 시체로 남아야만 했다. 혼란은 점점 더 가중되고 있었다. 그리고 그 혼란은 마침내 세 개의 백인대로 이루어진 본대에도 서서히 나타나기 시작했다.

"간격을 줄여라!"

이 혼란을 막을 수 있는 최대한의 수는 바로 간격을 줄이는 것이었다. 하지만 간격을 줄였음에도 불구하고 본대를 구성하는 전사의 수는 줄어들고 있었다.

어디서 날아오는지, 누가 어떻게 무슨 방법을 사용하는지 알 수 없었다.

다만 전사의 목이 뒤로 젖혀지면 반드시 한 명의 목숨이 사라졌다. 그러는 와중에 서서히 엘긴 산의 숲에 어둠이 찾아오기 시작했다. 가을날의 햇살이 숲에서는 더욱더 빠르게 그 꼬리를 감추고 있었다.

그 순간 고야틀레 9천부장은 기이하게 변형된 타바르를 쥐고 부르르 떨고 있었다. 원래 타바르라는 무기는 전투용 도끼로 길이가 45~70㎝에 무게는 1㎏가량이고 도끼날 부분의 날은 10~20㎝가량이다.

하지만 고야틀레 9천부장이 쥐고 있는 타바르는 적어도 기존의 것보다 두세 배는 무겁고 커 보였다. 한 손이 아닌 양손으로 휘둘러야 할 것 같았다. 기형적인 타바르를 어찌나 세게 잡았는지 그의 손아귀는 새하얗게 변해 있었다.

"누구냐! 나서라! 비겁하게 숨어 있지 말고 나서란 말이다!"

고야틀레 9천부장은 눈이 벌게진 채로 어두워지고 있는 산중을 향해 포효했다. 이미 본대의 절반이 이상이 절단 난 상황이다. 전위와 좌우익, 그리고 후위와는 연락 자체가 되지 않았다. 본대가 이 정도라면 그들은 이미 전멸했다고 해도 과언이 아닐 것이다.

그에 고야틀레 9천부장은 서서히 이성을 잃어가고 있었다.

불과 반나절 만에 말이다. 공포를 심어주고 피를 마르게 하는 데에는 결코 긴 시간이 필요 없었다.

죽어가는 전사들의 모습을 보면서 아무것도 할 수 없는 고야틀레 9천부장은 이성을 잃기 직전이었다. 그럴 수밖에 없었다. 엘긴 산이라면 자신의 손바닥 안이라고 자신했다.

어디에 개미집이 있고, 어디에 어떤 바위가 있으며, 어디에 동굴이 있는 것까지 알고 있다고 자부했다. 하지만 그런 자부심은 부질없었다. 아무것도 할 수 없었다.

바로 옆에 있던 전사의 머리가 터져 나가고 몇 미터 밖에서 전신에 창을 꽂고 죽어간다 할지라도 그가 할 수 있는 일은 그저 바라보는 것뿐이었다.

"우와아악! 나와라! 나오란 말이다!"

그는 기형적으로 커다란 타바르를 미친 듯이 휘둘렀다. 그러다 어느 순간 그의 행동이 뚝 멈췄다. 그가 거친 숨을 들이쉬며 주변을 둘러보았을 때 그의 주변에는 아무도 없었다. 괴괴한 적막이 흐르는 공간과 짙은 어둠만이 자신을 반기고 있었다.

저벅! 저벅! 저벅!

그때 짙은 괴괴한 어둠을 뚫고 발자국 소리가 들렸다. 고야틀레 9천부장은 호흡을 가다듬으며 말없이 자신의 애병인 기형 타바르를 들어 올렸다. 어느새 조급함은 그의 얼굴에서 찾아볼 수 없었다.

'어쩌면……'

누가 옆에서 알려주지는 않았지만 그는 느낄 수 있었다. 이것이 자신의 마지막이 될 수도 있음을 말이다.

"누구냐!"

어둠 속에서 자신을 향해 걸어오는 자를 향해 외쳤다.

"네가 원하는 사람."

그의 귓가로 선명하게 들려오는 바이큰 족의 언어. 고야틀레 9천부장은 혹시나 하는 마음이 들었다. 하지만 그가 상대를 확인할 수 있을 정도의 거리가 되었을 때 그는 알 수 있었다.

"네놈인가?"

"나다!"

지극히 단순한 물음과 답이다. 하지만 둘 사이에는 더 이상의 문답이 필요 없었다.

"크와아악!"

고야틀레 9천부장의 신형이 빗살처럼 빠르게 카이론을 향해 쇄도해 들어갔다.

제3장

승전

Warrior

　그리고 그와 얼마 멀지 않은 곳에서 또 다른 이가 필연적인
만남을 가지고 있었다.

　"네놈은……."

　"오랜만이다, 이로쿼이."

　서로 익히 알고 있는 자. 나루바바 족의 생존자 중 한 명인
아시커나크 차전사와 이로쿼이(긴 집의 서쪽 문지기) 10백부장
이었다.

　"배신한 것이더냐?"

　"배신? 배신이라… 홋! 웃기는군. 일족을 팔아넘긴 자가 배

신을 입에 담다니 말이야."

"약자는 도태되는 것이 당연한 세상사다. 우리 부족은…
시류를 알지 못하고 너무나도 안일하고 나약했다."

"그래서 부족의 절반을 네 손으로 직접 죽였나?"

둘의 대립은 팽팽했다. 그러면서도 그들은 서로를 죽일 듯
바라보았고, 각자의 무기를 꺼내 들고 원을 그리며 돌고 있
다. 말은 하고 있지만 그들의 신경은 오로지 언제 치고 들어
올지 모를 상대에게 쏠려 있었다.

"바이큰 족을 배신한 네놈이 할 말은 아닌 것 같군."

"너에게는 너의 방법이 있듯이 나에게는 나의 방법이 있
다. 어차피 너와 나, 부족을 지키지 못한 것은 마찬가지 아닌
가?"

"……."

아시커나크의 말에 이로쿼이 10백부장은 입을 닫았다. 일
족을 지키지 못한 점에 있어서는 그와 자신 모두가 자유로울
수 없었다. 아시커나크의 얼굴에 진득한 살소가 피어올랐다.

"죽어간 부족을 대신해야 할 때가 온 것 같군."

"훗! 그 알량한 솜씨로 말이더냐?"

"듣지 못했나 보군. 나는 백부장이었지만 차전사라는 것을
말이다."

"믿을 수 없다."

"오라!"

아시커나크는 오연하게 서서 이로쿼이 10백부장을 향해 쿠크리의 검끝을 세웠다.

"죽인닷!"

이로쿼이 10백부장은 자신의 애검인 샴쉬르(초승달도)에 오러를 시전하고 아시커나크 차전사를 향해 쇄도했다.

그의 샴쉬르에 휘감긴 오러는 선명한 붉은색이었다. 오러 스트림이 생성된 샴쉬르가 지근거리에 도착할 즈음 아시커나크는 느릿하게 쿠크리를 움직이고 있었다. 그런데 그 모습이 어찌나 자연스러운지 마치 이미 짓쳐드는 샴쉬르의 검로를 알고 있는 것 같았다.

카앙!

"흡!"

가볍게 튕겨지며 방향을 바꾸는 이로쿼이 10백부장의 샴쉬르. 설마 이렇게 간단하게 자신의 공세를 막아낼 줄 몰랐던 이로쿼이 10백부장의 입에서 다급한 음성이 흘러나왔다.

샤아악!

"크흡!"

그 순간 아시커나크의 또 다른 쿠크리가 이로쿼이 10백부장의 가슴을 훑고 지나갔다. 질기디질긴 다이어 울프의 가죽을 덧댄 레더 메일이 갈라지고 이로쿼이 10백부장의 가슴에 선명한 핏줄기를 남기는 아시커나크의 쿠크리.

"실력이 줄었군."

아시커나크가 비웃듯이 내뱉었다.

"이익! 죽엇!"

상대가 아시커나크가 아니었다면 이로쿼이 10백부장이 이리도 흥분하지 않았을 것이다. 상대가 그였기에 그는 쉽게 흥분할 수밖에 없었다. 그는 어릴 적부터 지금까지 그에게 패배의식을 가지고 있었다.

아시커나크 차전사는 부족장의 아들, 자신은 부족 문지기의 아들. 그는 전사로서 천재적인 소질을 지니고 있었다. 자신 역시 그와 다르지 않았으나 자신은 언제나 그와 비견되었다. 언제나 2인자.

그래서 부족을 버렸다. 그 지긋지긋한 2인자의 자리를 벗어나기 위해 부족을 버렸다. 그리고 충성심을 인정받기 위해 자신의 부족 절반을 두 손으로 베었다. 그렇게 해서 자신은 십부장에서 오십부장, 그리고 천부장의 지낭이라고 불리는 10백부장의 자리까지 올랐다.

자신을 얕보고 비교하고 경원시하던 모든 부족민을 죽였다. 그 와중에도 아시커나크는 사사건건 자신의 행사를 가로막았다. 눈엣가시 같은 놈. 반드시 죽여 버리고 싶은 놈. 그런 놈이 다시 자신의 앞에서 비릿한 웃음을 짓고 있는 것이다.

그 순간 이로쿼이는 뇌의 한구석이 툭 끊어지는 듯한 느낌을 받았다. 그는 전력을 다했다. 이후의 것은 생각할 필요도 없다는 듯이. 그의 애검인 샴쉬르에서 주황색의 오러가 저녁노을처럼 번져 나오고 있었다.

"저승에 가면 나에게 죽었다 전해라!"

담담하게, 아니, 지극히 차갑게 말을 내뱉은 아시커나크의 신형이 사라졌다. 순간 이로쿼이 10백부장의 신형이 멈춰 섰다. 강제로 마니푸라 차크라를 열었다. 눈앞에 있는 아시커나크를 죽일 수 있다면 더한 짓도 했을 것이다.

하지만 목표를 잃어버렸다. 아주 잠깐의 순간 그가 멈칫했다. 그리고 그의 등 뒤에서 아시커나크의 신형이 나타났다. 이로쿼이 10백부장은 그가 나타남과 동시에 기민하게 신형을 돌려 세우며 샴쉬르를 그어 올렸다.

스거거걱!

이로쿼이 10백부장은 볼 수 있었다. 자신의 애병인 샴쉬르의 검신이 수직으로 쪼개지고 있는 것을. 그리고 자신의 샴쉬르를 쪼갠 검격은 그대로 자신의 정수리를 관통하고 일직선으로 그어져 내리고 있음을 말이다.

순간 이로쿼이 10백부장은 전신에 가득하던 마나가 씻은 듯이 사라지고 넘치던 힘마저 사라짐을 느꼈다. 그의 무릎이 힘없이 털썩 소리를 내며 대지에 닿았다. 그러한 이로쿼이 10백부장의 모습을 보던 아시커나크는 가볍게 쿠크리를 털어내며 일갈했다.

"이제 시작할 것이다! 나만의 복수를!"

아시커나크가 어둠 속으로 걸음을 옮겼다. 그가 걸어가고 있는 곳은 또 다른 전투가 시작되고 있는 곳이었다.

콰가가가강!

투두두둑!

그가 도착한 곳은 굉음이 울리며 대지의 거죽이 진저리를 치고 있었다. 그 대지의 잔해가 마치 장대비가 쏟아지듯 그의 전신을 후려쳤다. 순간 아시커나크는 입과 눈을 팔로 막으며 흙먼지 속을 들여다보려 했으나 보이지 않았다. 아무래도 흙먼지가 가라앉기를 기다리는 편이 나을 듯싶었다.

시야를 가리던 흙먼지가 가라앉을 즈음 아시커나크는 두 사람의 모습을 보고 승패를 확실하게 점칠 수 있었다. 우선 카이론은 여전히 평온했다. 마치 지금의 상황이 자신과 아무런 상관이 없다는 듯이 말이다.

반면에 고야틀레 9천부장은 어떠한가? 그는 거친 숨을 내쉬며 어깨까지 들썩이고 있었다. 얼굴에는 피곤함이 절절하게 묻어나 있고 그의 두꺼운 레더 메일은 걸레가 된 지 오래였다.

다른 사람이라면 지금의 이 상황을 이해하지 못하고 놀랐을 것이나 이미 카이론과 한 번 대적해 보고 짧은 시간이지만 그의 능력을 충분히 견식한 아시커나크 차전사에게는 그리 놀랄 일이 아니었다.

아니, 오히려 당연한 일이었다. 블루 드래곤의 전유물인 청화를 피워 올린 자이다. 또한 부족을 배신하면서까지 자신이 선택한 자이다. 이래야만 했다. 하지만 정작 당사자인 고야를레 9천부장은 도저히 이 상황을 이해할 수 없었다.

그의 눈가는 지금 잘게 떨리고 있었으며, 어금니를 얼마나 세게 물었는지 피가 입술을 타고 흘러내리고 있었다.

'인정할 수 없다.'

명백하게 자신의 약세임에도 그는 인정하려 하지 않았다. 자신이 비록 차전사이나 저들이 말하는 익스퍼트 중급 중 최상위에 속하는 실력이다. 아니, 저들의 기준으로 상급이라 해도 과언이 아니다.

더불어 자신의 무지막지한 힘에 의한 압도적인 파괴력은 익스퍼트 상급이라 해도 선불리 받아낼 수 있는 것이 아니었다. 그런데 전혀 소용이 없었다. 압도적인 힘도 파괴력도 말이다.

마치 나뭇가지로 물을 내려치는 것 같은 그런 느낌이었고, 도저히 넘볼 수 없는 거대한 벽을 앞에 두고 있는 것 같았다.

"안 오는가?"

그때 카이론의 입이 열렸다. 그의 입이 열렸다고 여겨지는 순간 거의 10m 이상 이격되어 있던 카이론의 신형이 고야틀 레 9천부장의 코앞에 당도해 있었다.

"헙!"

다급한 소리를 내며 급급하게 뒤로 물러나는 고야틀레. 하나 카이론은 그 간격을 허용하지 않았다. 그가 기형의 언월도를 아래에서 위로 그어 올렸다. 코야틀레는 자신의 애병으로 자신을 가르는 상대방의 무기를 흘렸다.

치이이잉!

쇠와 쇠가 부딪치는 날카로운 소음이 그의 귀를 괴롭혔다. 카이론의 언월도가 기형적인 타바르의 긴 손잡이를 타고 오르며 내는 금속성이다. 하지만 고야틀레 9천부장이 느끼는 감각은 달랐다.

전신이 찌르르하게 울려오고 있었다. 그리고 그 뒤를 이어 찾아오는 간질거림. 아니, 간질거림이라고 표현해야 할지 어떻게 표현해야 할지 모를 기묘한 감각. 마치 수만 마리의 개미가 전신을 물어뜯는 그런 느낌이다.

터더더덕!

고야틀레 9천부장은 다시 무기를 거두고 몇 걸음 후퇴했다. 그대로 있다가는 전신이 종이처럼 찢겨져 나갈 것 같아서였다. 숨을 가다듬을 시간조차 없었다. 카이론의 언월도가 위에서 아래로 찍어 내리고 있었기 때문이다.

피할 수는 없었다. 그러기에는 카이론의 언월도가 내려치는 속도가 너무나도 빨랐다.

콰아앙!

"큽!"

고야틀레의 팔이 흔들렸다.

콰아앙!

다시 카이론의 언월도가 위에서 아래로 내리찍었다. 그리고 부딪쳤다. 그에 고야틀레 9천부장은 한 손으로 잡았던 타바르를 두 손으로 잡았다. 한 손으로는 도저히 감당할 수 없었기 때문이다.

콰아앙!

다시 언월도가 내려쳐졌다.

"울컥!"

이번에는 피를 토했다. 고야틀레 9천부장의 두 다리가 휘청거리며 흔들렸다.

쿠우웅!

그리고 마침내 또 다른 일격이 고야틀레 9천부장의 정수리를 내려쳤다. 고야틀레 9천부장은 여전히 버티고 있다. 그의 눈은 찢어질 듯 부릅떠져 있으며, 그의 앙다문 입술 사이에서는 연신 가는 선혈이 배어나오고 있었다.

타바르를 잡은 두 손아귀 역시 찢어져 핏물이 흘러내리고 있었다. 하나 그는 무릎을 꿇지 않았다. 대신 그의 발목까지 대지 깊숙하게 박혀들고 있었다. 카이론은 그러한 고야틀레 9천부장을 바라보았다.

"나를 압도할 수는 있을 것이다. 하나 나를 무릎 꿇릴 수는 없을 것이다."

"그런가?"

그 말뿐, 카이론의 언월도가 다시 위에서 아래로 내려쳐졌다.

콰아아앙!

신음조차 새어 나오지 않았다. 이제는 무릎까지 대지에 박혀든 고야틀레 9천부장. 그는 자신의 죽음을 예견했다. 하지만 그는 웃고 있었다.

"너는 전사다."

카이론이 마지막으로 한마디를 내뱉었다.

고야틀레 9천부장은 핏물로 가득한 이를 드러내며 웃었다. 그는 만족했다. 적에게 전사로서 인정받음에 말이다.

꾸우욱!

카이론은 언월도를 내리눌렀다. 타바르의 손잡이가 갈라지기 시작했다. 손잡이는 얼마 버티지 못했다. 언월도가 짧은 거리를 눈부시게 빠른 속도로 관통했다.

스걱!

짧은 마찰음.

그 순간 언월도를 그어 내린 카이론도, 언월도에 의해 관통 당한 고야틀레 9천부장도 그대로 굳었다. 그때 고야틀레의 입술을 비집고 흘러나온 말.

"죽음의… 전사… 믿지 않았다……."

푹!

더 이상 그의 뒷말은 이어지지 않았다. 그의 고개가 앞으로 꺾였기 때문이다. 그리고 시간이 지나면서 고야틀레 9천부장 의 정수리에서부터 일직선으로 핏물이 조금씩 배어나오기 시 작했다.

그때 카이론의 언월도가 다시 움직였다. 눈에 보이지 않을 정도 빠른 속도였다. 그 광경을 지켜보고 있는 아시커나크 차 전사는 그저 가슴 한쪽을 시원하게 해주는 산들바람이 불어 온다고 느꼈다.

스스스슷!

카이론은 자신이 할 일은 이미 끝났다는 듯 언월도를 수납 하고 신형을 돌려 걸어가고 있었다. 그리고 바람이 불어왔다. 바람이 불어오자 고개를 숙인 채 죽은 고야틀레의 시체가 머 리끝에서부터 사막의 모래처럼 흩날리며 사라지기 시작했 다.

아시커나크 차전사는 그 모습을 끝까지 지켜보았다. 허공으로 흩어지며 사라져 가는 고야틀레의 먼지 알갱이가 달빛을 받아 반짝이는 것 같았다. 그럴 리 없지만 말이다. 아시커나크는 씁쓸함을 베어 물고 이제는 아무것도 남지 않는 고야틀레의 죽음이 있는 곳을 일별한 후 걸음을 옮기기 시작했다.

어쩌면 치욕적일 수 있는 후퇴를 감행하고 있던 와그니스카 8천부장. 그는 말을 몰아 서서히 이동하던 중 갑자기 말을 멈춰 세웠다. 그러자 그가 이끄는 8천인대 전체가 행군을 멈췄다. 와그니스카 8천부장의 부관인 포우하탄(물줄기 사이의 폭포) 10백부장이 그의 곁으로 다가왔다.

"무슨 일이십니까?"

부관의 물음에 답하지 않은 채 와그니스카 8천부장은 말 위에서 몸을 살짝 돌려 자신이 돌아온 곳을 바라보았다. 아니, 자신이 걸어온 길이 아닌 저 멀리 어슴푸레 검은 동체를 자랑하고 있는 엘긴 산을 바라보았다.

그의 눈가가 잘게 떨리며 투명한 액체가 한 방울 맺혔다. 그 순간 그는 등골이 오싹함을 느껴야만 했다. 무언가 자신을 주시하는 것 같은 느낌이 들었기 때문이다. 말도 안 되는 일이다.

'이게 무슨……'

엘긴 산과 지금 자신이 있는 곳과의 거리는 적어도 20㎞ 이상이다. 그런데 그 먼 거리에서 자신을 바라볼 수 있다는 것 자체가 있을 수 없는 일이다. 그렇게 생각하는 그 순간 와그니스카 8천부장의 심상에 거대하고 무심한 검은색 눈동자가 떠오르고 있었다.

"어헉!"

심장이 떨어져 나가는 것 같았다. 도저히 있을 수 없는 일이 일어나고 있었다. 그와 함께 쥐고 있던 말고삐를 자신도 모르게 힘껏 당겼다.

이히히힝!

와그니스카 8천부장이 타고 있던 말이 깜짝 놀라 앞발을 높이 쳐들었다. 순간 그는 균형을 잃고 땅바닥에 떨어졌다.

"천부장님!"

그의 옆에 있던 부관이 화들짝 놀라 와그니스카 8천부장의 말고삐를 잡고 진정시키며 땅에 떨어진 와그니스카를 부축하려 했다. 하지만 그는 그 손길을 거부했다.

심장이 뛰었다. 손과 발이 부들부들 떨리며 입술이 파르르 떨렸다. 호흡이 거칠어졌다. 일평생 지금과 같은 경우는 단한 번도 없었다. 그러기를 잠깐, 숨을 고르고 진정시킨 와그니스카 8천부장이 몸을 일으켜 세웠다.

그는 마치 아무 일도 없었다는 듯 다시 말 위에 올랐다. 그리고 다시 한 번 멀리 떨어져 있어 어슴푸레 형상만 보이는 엘긴 산을 바라보았다. 아무런 심상의 변화도 없다.

"경고였던가?"

와그니스카는 혼잣말처럼 되뇌었다.

"예? 무슨 말씀이십니까?"

"아니다."

간단하게 부관의 말을 묵살한 와그니스카 8천부장은 말을 몰아 앞으로 나서며 다시 혼잣말처럼 중얼거렸다.

"죽음의 전사라… 죽음의 전사……"

그는 하염없이 죽음의 전사라는 말을 되뇌었다. 전설은 전설일 뿐이라고 생각하던 자신이다. 그런데 엘긴 산에 들어가 살아 돌아온 전사는 죽음의 전사를 언급했고, 그 이후 엘긴 산에 진입한 전사들은 단 한 명도 살아남지 못했다.

그리고 자신은 그 먼 거리에도 불구하고 자신의 뇌리를 관통하는 감각을 느끼지 않았는가?

"어쩌면 전설이 아닐지도……"

결국 그가 내린 결론이다. 죽음의 전사와 돌아오지 않은 불귀의 숲이 되어버린 엘긴 산. 그는 다시 한 번 어둠 속에 위용을 드러내고 있는 엘긴 산을 흘깃 바라보았다.

도저히 정면으로 산을 바라볼 용기가 나지 않았기 때문이다.

　　　　*　　　　*　　　　*

　전투는 승리했다. 완벽하게 승리했다. 심지어는 찰과상을
제외하고는 다친 병사마저 없을 정도이다. 적의 1개 천인대
를 맞이해서 말이다. 그것도 서부전선에서 유명한 타슈카 위
트코의 직속인 9천인대를 상대로 해서 말이다.

　6군단에 소문이 퍼지기 시작했다. 처음은 바이큰 족과 상
거래, 혹은 밀무역을 하던 종자들 사이에서 시작했다. 그러다
그들과 함께하는 용병이나 상인에게까지 퍼졌다. 말은 계속
옮겨졌고, 불과 한 달도 안 되는 사이에 비수 진지에 대한 소
문은 6군단 전체에 퍼지게 되었다.

　그리고 그 소문은 6군단장으로 있는 체스터 백작에게도 전
달되었다. 그가 비수 진지의 상황을 모르는 것은 아니었다.
오히려 더 잘 알고 있었다. 이미 보름 전, 비정상적인 조직이
던 비수 연대에 병력을 충원하여 정식으로 비수 진지를 요새
화하고 있었기 때문이다.

　또한 발 빠르게 움직여 비수 진지, 아니, 이제는 비수 요새
가 될 엘긴 산과 연결하는 교각 공사까지 시작하면서 확실하
게 카테인 왕국의 영토임을 대외적으로 알리고 있었다. 체스
터 백작은 비수 요새의 중요성을 너무나도 잘 알고 있었다.

비수 요새가 카테인 왕국으로 귀속됨에 따라 점령한 엘긴 산을 중심으로 사방 30㎞까지 감시가 가능하고 사방 8㎞까지 카테인 왕국의 영토로 귀속되었다. 이것은 실로 대단한 전과로 동부와 중부 전선을 포함해도 이와 비견될 만한 전공은 거의 없었다.

창밖에서 분주히 움직이면서 월동 준비를 하고 있는 군영을 바라보며 체스터 백작은 뒷짐을 진 채 호두 두 개를 굴리고 있었다.

"어떻게 해야 할까?"

누구에게 물어본 것은 아니다. 그의 곁에는 아무도 없었다. 그의 머리는 백발로 50대 중반의 얼굴치고는 화색이 도는 얼굴이지만 그렇다고 세월의 무게를 거스를 수는 없었다.

그의 머리는 지금 상당히 복잡했다. 비수 요새를 점유함으로 인해 자신이 얻는 이득과 앞으로 변할 자신의 위치, 그리고 결정적으로 '머리 가죽' 이라 불리며 6군단 전체에 위명이 자자한 타슈카 위트코의 1개 천인대를 맞아 완벽한 승리를 이룩한 자신의 사위에 대한 처우 때문에 말이다.

"아무래도 직접 보고 판단하는 것이 나으려나?"

결론을 쉽게 내릴 수 없었다. 또한 빠르게 결론을 내릴 필요는 있었다. 아마도 신년을 기해서 서부, 중부, 동부의 모든 전선에서 휴전협정이 체결될 것이다. 그 이전에 자신이 할 수 있는 한도 내에서 모든 논공행상을 결정짓고 이후 정치적인 입지를 도모하는 편이 모든 면에서 유리하기 때문이다.

물론 지금도 정치적으로 물밑작업을 하고 있기는 하지만 그 자신의 원대한 계획에서 이 6군단은 절대적인 비중을 차지하고 있었다.

"부관!"

체스터 백작이 집무실 밖을 향해 부관을 부르자 즉각 기사 복장을 한 자가 집무실의 문을 열고 들어왔다.

"부르셨습니까?"

"비수 요새의 연대장을 호출한다."

"명!"

가볍게 군례를 올리며 돌아서 나가려는 기사.

"아! 그리고 비수 요새의 선봉 중대장도 함께 호출하도록 하지."

"알겠습니다."

그로부터 일주일 후.

6군단의 군단 사령부에 두 명의 장교가 들어서고 있었다. 그들의 차림새는 야전 복장 그대로였다. 진지 작업을 하고 왔는지 신발이나 레더 메일에 잔뜩 흙먼지가 앉아 있었으며, 나무 이파리와 진흙 같은 것이 덕지덕지 묻어 있었다.

반면 가벼운 단독 군장 차림이기는 했으나 무기는 완벽하게 다듬어져 있었다.

그들이 군단 정문에 들어섬에 군단 위병소를 담당하고 있던 부사관은 인상을 찌푸렸다. 하지만 이내 그런 기색을 지웠다.

호위 병력도 없고 단둘로 단출한 모습이지만 그들은 엄연히 장교였다. 그것도 대령과 대위이다. 자신이 아무리 부사관 생활을 오래했어도 대위와 대령은 자신이 상대할 수 있는 위치가 아니었다.

"충성! 어떻게 오셨습니까?"

"비수 연대 연대장 마르탄 카플루스 자작이다. 군단장님 호출이다."

"잠시만 기다려 주시기 바랍니다."

자신은 위병소를 관리하기에 깨어 있지만 아직 군단은 새벽잠에서 깨어나지 않고 있다. 그리고 이렇게 이른 새벽에 군단을 방문하는 경우는 드물었다. 때문에 위병사관은 이런 경우 반드시 군단전술 작전본부(TOC), 혹은 지휘통제실(CP)에 위치해 있는 일직사령에게 그 출입 허락을 득해야만 했다.

일직사령과 위병사관은 곧바로 위병소를 나와 병사들을 시켜 만약을 대비한 차단막을 치우도록 했다. 카플루스 자작과 그와 함께 군단장의 호출을 받은 카이론이 무표정하게 말의 배를 차면서 군단 내로 들어섰다.

그를 바라본 위병사관은 괜히 땀이 나는지 이마를 닦아내며 툴툴거렸다.

"거참, 뭐가 그리 바쁘다고… 이런 첫새벽에 오는 이유는 또 뭐냐? 그건 그렇고, 거참 체구 한번 거대하네."

그는 멀어져 가고 있는 카플루스 자작과 카이론을 바라보며 말했다. 카플루스 자작을 두고 한 말이 아니라 그 옆에서 나란히 말을 몰아가고 있는 카이론을 두고 한 말이다.

카이론은 체구가 컸다. 그래서 웬만한 말로는 그의 체구와 무게를 감당하지 못했다. 때문에 특별한 말이 필요했다. 바로 전투마로 유명한 데스트리에 종이었다. 데스트리에 종은 보통 발꿈치에서 등까지의 높이가 일반 기사의 키를 훌쩍 넘기는 210㎝였다.

때문에 데스트리에 종의 말은 매우 비쌌다. 데스트리에 종을 타고 다니는 귀족은 백작 이상의 대영주 정도이다. 그런데 그러한 데스트리에 종의 말을 타고 있는 카이론은 그야말로 당당하기 그지없었다.

그 옆에서 데스트리에보다는 못하지만 코이저라 불리는 전투마를 타고 있는 카플루스 자작의 체구가 왜소해 보였다. 누가 본다면 카이론이 대령이고 카플루스 자작이 대위로 보일 정도이다.

어쨌든 그들은 새벽녘에 위병소를 통과했으며, 통과하자마자 장교 숙소(BOQ)에 들어 가볍게 장비를 점검하고 몸을 씻은 후 이른 아침 식사를 했다.

장교 숙소에는 항상 취사병이 대기하고 있었다. 군 특성상 비상이 수시로 걸리기 때문에 장교 숙소의 한쪽에 취사병 숙소가 있어 언제든지 식사를 제공할 수 있도록 한 것이다. 물론 이것은 6군단만의 특성이었다. 덕분에 카플루스 자작과 카이론은 어렵지 않게 이른 식사를 할 수 있었다.

식사를 하고 난 후에도 그들은 시간이 남았다. 군단장의 업무는 공식적으로 오전 9시부터이다. 8시부터 군단전술 작전본부에서 조회를 하기 때문이다. 때문에 현재 6시인 지금 그를 찾아갈 수는 없었다.

둘은 장교 숙소 한편에 마련된 외부 테라스에서 간단한 티타임을 가지기로 했다. 이미 겨울에 접어들어 차가운 바람이 칼처럼 스치고 지나가는 계절이지만 그것은 마나를 다루지 못하는 이에게 한정된 말일 뿐 카플루스 자작과 카이론에게는 해당 사항이 없었다. 그들은 오히려 이런 야외 테라스가 마음에 들었다. 풍성함이 지나고 헐벗은 경관이기는 하지만 말이다.

"한가하군."

"……."

카플루스 자작의 말에 카이론은 답하지 않았다. 어찌 보면 상당히 건방진 모습으로 비칠지 모르나 카플루스 자작은 신경 쓰지 않았다. 답을 바라고 한 말이 아니었으니 말이다. 그리고 카이론은 그럴 자격이 있었다.

한동안 둘은 말없이 뜨거운 차를 즐겼다. 그들의 곁에는 깔끔한 정복을 입고 팔에는 하얀 헝겊과 한 손에는 은빛 나는 주전자를 들고 있는 이가 대기하고 있었다. 찻잔에 찻물이 비자 어김없이 뜨거운 차를 채워준다.

카플루스 자작은 슬쩍 대기하고 있는 병사를 보더니 이내 손을 휘휘 저었다. 물러가라는 말이다. 자신들은 모르지만 병사가 외부에서 부동자세로 서 있기에는 추운 날씨였다. 그에 병사는 자신도 모르게 화색을 띠며 군례를 올리고 물러났다.

병사가 물러나는 것을 본 카플루스 자작이 따스한 김이 올라오는 찻잔을 바라보다 입을 열었다.

"왜 불렀을 것 같은가?"

카플루스 자작이 카이론에게 물었다. 이미 자신의 위치와 6군단 내부의 돌아가는 상황 및 장인인 체스터 6군단장의 야망에 대해서 카이론에게 모두 털어 놓은 이후이다. 그는 카이론을 믿었다.

카플루스 자작의 물음에 카이론은 잠시 뜸을 들였다. 그는 지금 생각을 정리하고 있었다. 이곳에 오기 전 카이론은 누군 가의 방문을 받았다. 그는 다름 아닌 카플루스 자작이 이끌던 1대대에서 살아남은 조장이었다.

"무슨 일인가?"
"드릴 말씀이 있어 왔습니다."
잠시 업무를 보던 손을 놓고 카이론은 야전 탁자를 가리켜 그를 앉게 하고 당번병에게 차를 내오라 시킨 후 맞은편에 앉았다.
"듣겠다."
"저는 4소대 1조장으로 있는 라마나 마하리쉬 하사입니다. 엘 리시온 아카데미를 4년 전 졸업했습니다."
"그런가?"
카이론은 고개를 끄덕였다. 1대대의 살아남은 병사들을 묶어 하나의 소대를 만들었는데 그 소대가 4소대였다. 그동안 이런저 런 업무와 전투로 인해 솔직히 4소대는 신경 쓰지 못했다.
바이큰 족과 전투를 치를 때도 4소대는 제대로 훈련받지 못해 비수 진지를 지키는 임무를 맡겼기 때문이다. 그런데 그 모든 것 이 끝나고 다시 본연의 임무에 충실하고 있는 지금 4소대의 1조 장으로 있는 마하리쉬 하사가 자신과 개인 면담을 신청한 것이 다.

카이론은 말없이 마하리쉬 하사의 말을 기다렸다. 그러는 동안 전속 병사가 그들에게 투박한 찻잔의 향긋한 차를 내왔다. 마하리쉬 하사는 조심스럽게 차를 마셨다.

"아마도 6군단장님께서는 카플루스 대령님과 에라크루네스 대위님을 소환할 것입니다."

"이유는?"

"6군단장은 자신의 눈으로 직접 확인하지 않고는 절대 그 누구도 믿지 않으며, 수십 번의 확인과 시험을 거치는 것으로 정평이 난 자입니다. 사람들이 6군단장인 체스터 백작을 얼음백작, 혹은 냉혈동물이라 부르는 것은 그를 단적으로 표현한 적절한 호칭이라고 할 수 있습니다."

들어서 알고 있다. 하지만 카이론은 마하리쉬 하사가 그를 평하기 위해서 자신과 독대를 청한 것은 아닐 것이다.

"서론이 길군."

카이론의 말에 앞에 놓인 차를 한 모금 마시는 마하리쉬 하사였다. 긴장하고 있음이다. 일개 조장인 자신의 개인 면담을 받아줄 정도로 파격적인 중대장이지만 그는 엄연하게 귀족이며 중대장이니까 말이다.

"저는 중대장님을 통해 제 꿈을 실현시키고자 합니다."

"……."

카이론은 말없이 마하리쉬 하사를 바라보았다. 마하리쉬 하사는 카이론의 시선을 피하지 않았다. 카이론의 시선은 그렇게 쉽게 받아 넘길 수 있는 수준의 것이 아니었다. 아무리 4년 동안 전장에 구른 베테랑 하사라고 하지만 결코 쉬울 리 없었다.

마하리쉬 하사는 탁자 밑 무릎 위에 있는 손이 부르르 떨리는 것을 막기 위해 주먹을 말아 쥘 수밖에 없었다. 땀이 흥건하게 흘러내리기 시작했다. 카이론이 마하리쉬 하사를 바라본 시간은 지극히 짧았다.

하지만 그 짧은 시간이 영겁과도 같이 느껴지는 마하리쉬 하사였다.

꿀꺽!

기어코 마른침을 삼키는 그였다.

카이론은 말없이 그를 바라보았다.

그는 많은 사람을 만나왔고 이런 유형의 사람은 두 종류의 사람이라는 것을 알고 있다.

마하리쉬라는 자는 비열한 기회주의자이거나 현실에서 배척당하는 천재일 것이다. 그리고 그의 눈동자에 존재하는 순수한 열정은 그가 비열한 기회주의자가 아님을 알려주고 있었다.

"나는 겨우 일개 중대장일 뿐이다."

카이론의 말에 마하리쉬 하사는 극도로 긴장하는 와중에도 입꼬리를 말아 올렸다. 물론 주의 깊게 살피지 않으면 볼 수 없는 그런 종류의 것이었다.

"하지만 자대 배치를 받자마자 임시 중대장이 되셨고, 비수 진지를 개척하여 온전하게 중대장으로 인정받았습니다. 불과 몇 개월도 안 된 사이에 말입니다."

"운이지."

"그 운이 없어 엘리시온 아카데미의 행정학부를 수석으로 졸업한 저는 최전방으로 끌려와 4년 동안 하사에 머물러 있습니다."

카이론은 느낄 수 있었다. 마하리쉬 하사는 이미 모든 것을 결정한 후라는 것을. 그는 지금 자신과의 면담에 자신의 인생을 걸고, 자신의 목숨을 걸었다.

"나쁘지 않군. 계속해 보게."

카이론의 말에 마하리쉬 하사는 거침없이 자신의 생각을 말하기 시작했다. 마치 체스터 백작의 반응을 눈앞에서 보고 있다는 듯이 말이다. 그의 말은 길었다. 하지만 카이론은 지겨워하지 않고 끝까지 말없이 고개를 끄덕이고 있었다.

그리고 그의 말이 모두 끝났을 때 카이론의 입술이 움직였다.

"좋군. 그 꿈, 같이 꿀 수 있도록 하지."

"고맙습니다."

그렇게 카이론은 한 명의 현자를 얻었다. 그는 군사가 아니라 현자였다.

짧은 회상을 마친 카이론은 조용하게 입을 열었다.

"아마도 연대장님의 거취 문제 때문일 것입니다. 더불어 확인해 보고 싶기 때문이기도 할 겁니다."

"……."

카이론의 말에 말없이 고개를 끄덕이는 카플루스 자작이다. 자신의 생각과 일치했다.

"어찌해야 할까?"

"그것은……."

카이론이 입을 열었다. 그 이후 카플루스 자작은 듣고 카이론은 말했다. 그렇게 그들은 군단장의 업무 시간이 될 때를 기다렸다. 얼추 시간이 되었을 때 그들은 군단장의 집무실 (CP)로 향했다.

군단장 집무실 앞에 도착하자 카플루스 자작이 익히 아는 얼굴이 보였다. 바로 체스터 백작 가문의 전대 기사단장이던 미하일로프 카시니코프 경이다. 그는 가진 바 무력도 무력이지만 전략 전술에 있어서 아카데미의 교수와 비견될 정도로 훌륭했다.

때문에 체스터 백작은 그를 군에 입문시키고 군단장의 재량으로 소령에 임명함과 동시에 자신의 전속 부관으로 삼았다. 가문의 전대 기사단장을 자신의 전속 부관으로 삼았다는 것은 그만큼 체스터 백작이 6군단을 중요시 여기고 있다는 것을 반증하는 것이다.

고작 전속 부관 하나 가지고 어떻게 그런 결론이 나오느냐 묻는 이도 있겠지만 실제 전속 부관이 하는 일을 보면 절대 그렇게 말하지 않을 것이다.

전속 부관은 상사의 활동 및 집무 계획을 보좌하며 수행한다. 또한 마법 통신, 서신, 민원 서류 등의 접수, 처리, 회신을 위하여 그와 관계된 참모에게 연락을 하고 상사를 위한 기록 문서 및 참고자료를 관리, 유지하며 근무병의 근무 조정 및 감독하는 역할을 한다.

이렇게 부관의 모든 초점이 바로 자신이 모시는 상사에 맞춰져 있다. 그러한 만큼 신중에 신중을 기할 수밖에 없는 자리가 바로 전속 부관의 자리였다.

그러한 중요한 자리에 자신의 가문의 전대 기사단장을 배치한 것이다. 하니 카플루스 자작이 6군단장의 전속 부관이 눈에 익지 않을 리가 없었다.

"오랜만에 뵙습니다."

먼저 말을 건넨 것은 역시 카시니코프 전속 부관이었다. 전대 기사단장이라고는 하지만 카시니코프의 나이는 마흔다섯 정도이다. 한창 왕성하게 활동할 그이지만 체스터 백작의 명으로 전속 부관으로 적을 옮긴 것이다.

"오랜만이오. 전해주시길."

"알겠습니다."

카플루스 자작과 그의 곁에 있는 카이론을 슬쩍 일별한 카시니코프 전속 부관은 말없이 군단장의 집무실로 들어갔고,

잠시 후 문을 열고 나와 집무실 안으로 카플루스 자작과 카이
론 안내했다.

이른 시간임에도 불구하고 6군단장 체스터 백작은 산더미
같은 결재 서류에 묻혀 있었다.

"카플루스 비수 연대 연대장입니다."

전속 부관의 말에 서류에 묻혀 있던 체스터 백작이 고개를
들었다. 백발에 날카롭게 빛나는 눈초리, 과묵하게 닫힌 입
술. 첫인상은 지극히도 깐깐하다는 느낌이다. 그는 책상에서
벗어나 손님 접대를 위해 간단하게 마련된 탁자에 앉으며 입
을 열었다.

"앉지."

어떠한 감정 표현도 없었다. 지극히 절제된 행동과 내심이
표시되지 않는 딱딱한 가면을 쓰고 있었다. 카플루스 자작과
카이론이 그의 맞은편에 앉았다. 체스터 백작은 그러한 카플
루스 자작과 카이론을 유심히 관찰했다.

세 사람은 대화가 없었다. 전속 부관에 의해 한 명의 하녀
가 다과와 함께 차를 내올 때까지 말이다.

"들지."

"괜찮습니다."

무미건조하게 권하는 체스터 백작과 거절하는 카플루스
자작. 그것이 그들의 첫 대화였다. 그러거나 말거나 체스터

백작은 앞에 놓인 찻잔을 들어 입술을 축였다. 그리고 찻잔을 내리며 입을 열었다.

"이번 전투, 훌륭했더군."

"감사합니다."

'과찬입니다' 라든가 '당연히 해야 할 일입니다' 같은 겸양의 말이나 공치사는 없었다. 그저 야전군인의 거친 억양 그대로였다. 그에 체스터 백작은 슬쩍 입꼬리를 말아 올렸다.

"묻고 싶은 게 있네."

"물으십시오."

"벽을 허물었는가?"

"그렇습니다."

"축하할 일이로군."

"고맙습니다."

둘 다 마치 남의 일처럼 말하고 있었다. 지극히 메마른 물음과 응답이라 할 수 있었다. 체스터 백작은 지금 이 담백함이 무척이나 마음에 드는지 고개를 주억이며 만족스러운 표정이 떠올랐다.

"무력만이 아니로군."

"생사의 간극을 오고감에 의도치는 않았으나 육체적으로나 정신적으로나 성숙해질 수 있었습니다."

"그런가? 나쁘지 않군. 나쁘지 않아."

만족스럽다는 표정과 지금까지 온몸으로 표현하던 신중함이 한순간 약간이나마 느슨해지는 느낌이다.

"내가 어떻게 해줬으면 하나?"

어떻게 해주겠다는 것이 아니라 어떻게 해줬으면 하느냐는 질문이다. 체스터 백작과 카를루스 자작의 대화는 시험과 선택의 연속이었다. 한마디로 장인과 사위의 대화가 아닌, 마치 정적과의 대화 같다는 느낌이 들었다.

"제가 믿을 만하십니까?"

"지금이라면."

"하시면 8사단을 제게 주십시오."

"호오~"

카플루스 자작의 말에 체스터 백작은 놀랍다는 듯한 표정을 지어 보였다. 현재 6군단 예하에는 네 개의 사단이 있었다. 그중 5, 6, 7사단은 자작이 사단장을 역임하고 있으며, 8사단만이 유일하게 백작이 사단장으로 있다.

네 사단 모두 전투 사단임에는 분명했다. 하지만 그중 8사단은 달랐다. 전투 사단이기는 하지만 특히 8사단은 군단 직할 사단으로 6군단 작전 지역 전역을 커버하는 실질적인 화력 부대였다.

넓은 작전 지역 때문인지 몰라도 8사단은 여타 사단보다 두 개의 연대 병력이 더 있었다. 바로 기사 연대와 마법 연대이다. 한마디로 6군단의 핵심 전투 부대라는 말이다. 때문에 가장 신임하는 자에게 8사단을 맡기거나 혹은 서로의 신뢰를 보여주기 위한 정략적인 자리로 쓰였다.

그런데 카플루스 자작은 과감하게 그러한 8사단장의 자리를 달라고 한 것이다. 그에 체스터 백작은 자신의 눈앞에 있는 카플루스 자작이 과거의 자신이 알고 있는 그가 아님을 알 수 있었다.

"힘들다는 것을 알고 있을 터인데?"

"알고 있습니다만 불가능할 것이라 생각하지는 않습니다."

"한데 왜?"

고개를 끄덕이며 묻는 체스터 백작. 잠시 말문을 닫고 앞에 놓인 식어버린 차를 한 모금 마신 후 다시 입을 여는 카플루스 자작이다.

"군단장님께서는 아마도 다음을 1군사령관으로 생각하고 계실 겁니다. 현재 그 물밑 작업을 하고 계신 것으로 압니다."

"호오~"

다시 탄성을 내는 체스터 백작이다. 자신의 노림수를 정확하게 꿰뚫고 있기 때문이다. 물론 조금만 생각해 보면 알 수 있는 일이다. 현재 카테인 왕국에는 세 개의 군이 존재했다.

평야 지대에 위치한 왕도와 가까운 1군, 왕도와 후방을 담당하는 2군, 험하고 산악 지형이 주를 이루는 3군. 그중 정치적인 활동과 함께 강력한 군권을 쥐고 있는 곳이 바로 1군사령관이었다. 달리 말하면 변경백이라 할 수 있었다.

보통 변경백은 명망 있는 백작이나 후작의 작위를 가진 대귀족이 역임하는 지위로서 특히 귀족이 선호하는 변경백은 역시 1군사령관이었다.

그 이유로 1군사령부 자체가 왕도와 며칠 이내의 거리이고 방어하는 지역 역시 왕도와 멀지 않음에 귀족으로서 끊임없이 중앙의 정세를 파악할 수 있다는 장점이 있었다.

거기에 더하여 2군이나 3군의 병력보다 절반 이상 많은 병력과 화력을 보유하고 있었다. 1군사령부의 작전지역에는 세 개의 평야가 있는데, 좌측으로부터 레드 케니언이라 불리는 평야를 8군단과 7군단이, 중앙의 옐로우 스톤을 6군단이, 우측의 그레이트베이슨을 5군단이 맡고 있었다.

"가능하다고 생각하나?"

체스터 백작이 물었다. 그가 1군사령관이 되는 것은 확정된 게 아니었다.

1군사령관은 귀족파의 수장이며 3왕자의 외조부인 플렉스르위스 공작의 사위인 루 페르그노 백작이었다. 하지만 최근

들어 플렉스 르위스 공작은 무슨 생각에서인지 1군사령관의
직위를 내주고 수도방위사령관 자리에 최측근을 배치시켰
다.

국왕파와 중도파는 르위스 공작의 행보에 처음에는 호재
로 생각했으나 이제 와서는 자신들의 생각이 어리석었음을
깨달았다.

물론 병력면에서는 여타 군 사령부보다 작을지 모르나
왕국의 중심인 수도를 지키고 강력한 기사단과 마법단을
거느리고 있는 그 중요성은 필설로 형용할 수 없을 지경이
다.

그것을 재빨리 파악한 체스터 백작은 이번 기회를 결코 놓
치고 싶지 않았다. 1군사령관 직만 차지하면 중도파의 힘을
크게 키울 수 있는 절호의 기회가 될 수 있었다.

그가 1군사령관이 되면 귀족파와 국왕파는 반드시 자신을
끌어들이려 혈안이 될 것이다. 겉모습은 분명 국왕파나 귀족
파 어디에도 포함되어 있지 않은 중도파이니까 말이다. 그리
고 아직 중도파가 세 명의 왕자 중 누구를 지지한다는 말이
없으니 말이다.

"가능합니다."

카플루스 자작이 답했다. 카플루스 자작의 답에 체스터 백
작은 깊이 묻어둔 상체를 일으켜 세우며 물었다.

"듣고 싶군."

"6군단장에 8사단장인 실비오 베를루스코니 백작을 임명합니다. 8사단장인 배를루스코니 백작이라면 충분히 6군단의 전력을 보존할 수 있을 것입니다. 또한 군단장님과 특별한 관계를 감안하면 가장 적절하다 판단됩니다."

"그렇겠지."

8사단장인 실비오 베를루스코니 백작은 체스터 백작의 오랜 친우이다. 가문 역시 전대부터 내려온 오랜 우방이라 할 수 있었다. 그 두 가문이 오랜 친우 관계를 유지할 수 있는 이유가 있었다.

체스터 가문은 정치적 역량과 함께 뛰어난 지략을 가지고 있었다. 카테인 북부의 현자 가문이라 할 정도이다. 그에 반해 베를루스코니 가문은 지략은 체스터 가문에 비견되지 못할지라도 가진 바 무력은 북부 최고라 할 수 있었다.

서로의 단점을 채워줄 수 있는 관계. 그러한 두 가문의 역량은 서로 절묘하게 맞아떨어져 실제 북부에서 그 두 가문을 어찌해 볼 수 있는 가문은 존재하지 않았다. 하지만 그것은 그저 북부에서일 뿐이다.

북부를 벗어나면 두 가문의 장점을 모두 가진 가문이 허다했다. 모든 귀족의 꿈은 바로 중앙으로의 진출일 것이다. 하나 그러하기에는 아직 두 가문의 역량이 여실히 모자란 것이 사실이었다.

그에 체스터 백작은 지금의 이 기회를 이용해 두 가문의 영향력을 확장하길 원했다. 그것은 베를루스코니 백작 역시 마찬가지였다. 이 두 가문은 북부가 너무나 좁다고 생각하고 있었으니까.

"비수 요새를 점령함에 따라 다른 여타 군단장보다 조금 더 유리한 위치를 점할 수 있습니다. 이번 휴전협정이 마무리되면 원하시는 바를 충분히 이룰 수 있으실 것이라 판단됩니다."

"확실히 그렇군."

"그리고……."

"그리고?"

말을 흐리는 카플루스 자작의 말을 물고 늘어지는 체스터 백작이다. 앞서의 것은 솔직히 누구나 생각할 수 있는 정보. 물론 주의 깊게 생각하지 않는다면 절대 파악할 수 없는 정보이긴 하지만 말이다.

지금 체스터 백작이 카플루스 자작의 말을 물고 늘어진 것은 이 다음 말이 핵심이라 생각되었기 때문이다.

"왕도가 어지럽다고 들었습니다."

"왕도가 어지럽다?"

"군단장님께서는 가장 처음의 인물에 선이 닿은 것으로 알고 있습니다."

"대단하군."

바짝 앞으로 몸을 내밀고 있던 체스터 백작이 몸을 뒤로 물으며 손을 깍지 꼈다. 그리고 날카로운 눈으로 카플루스 자작의 얼굴을 바라보며 입을 열었다. 아직 자신이 어느 왕자를 지지한다거나 혹은 중도의 입장을 버린다는 사실은 그 누구도 알지 못하기 때문이다.

"어디까지 알고 있나?"

"알지 못합니다."

"그런데?"

"종전도 아닌 갑작스러운 휴전. 그것도 전체적으로 우세한 상황에서의 휴전 때문입니다."

짝!

체스터 백작의 손바닥이 부딪쳤다. 카플루스 자작의 말을 더 이상 듣지 않아도 알 수 있었다. 그러하기에 체스터 백작은 감탄하여 손뼉을 친 것이다.

짝! 짝! 짝!

박수 소리가 들려왔다. 그러다 문득 박수를 멈춘 체스터 백작은 눈빛을 빛내며 말했다.

"자네의 생각인가?"

"아닙니다."

그 말에 체스터 백작의 시선이 자연스럽게 지금까지 단 한 마디도 하지 않고 있는 거구의 장교를 바라보았다.

"맞습니다."

마치 체스터 백작의 생각을 꿰고 있다는 듯 대답이 들려왔다.

"흐음."

작게 한숨을 내쉬는 체스터 백작. 그러다 손을 들어 손가락을 까딱였다. 그에 전속 부관으로 있는 칼라시니코프 소령이 두툼한 서류철을 들어 체스터 백작의 앞에 놓고 첫 장을 펼쳤다.

체스터 백작은 무심하게 서류철을 읽어나가기 시작했다.

"에라쿠르네스 백작 가문의 차남으로 어미는 집안의 하녀였군. 이복형 대신 군에 입대했으며 불미스러운 일로 정식 임관 4개월 전에 임관했군. 전방의 특성상 임시 중대장으로 말이지."

"그렇습니다."

담담하고 묵직한 목소리가 흘러나왔다. 침묵을 고수하던 카이론이 드디어 입을 연 것이었다.

"전공을 보니……."

말을 흐리면서 점차 눈이 커지는 체스터 백작이다. 그러다 마지막 장에서는 아주 잠깐 손을 떨었다. 그의 시선을 붙잡는 단어는 바로 타슈카 위트코 만인대의 제9천부장 고야틀레라는 이름에서였다.

"피를 마시는 자를 제거했다고?"

"마지막 전투에서 죽은 적 천부장의 이름이라면 맞습니다."

9천부장 고야틀레.

그의 악명은 머리가죽 타슈카 위트코보다 더하면 더했지 절대 덜하지 않았다. 일대일 기사대전으로 그와 겨뤄 죽어나간 6군단의 기사가 대체 몇인지 헤아릴 수조차 없다. 그는 항상 기사를 죽이면 그 기사의 목을 물어뜯든 가슴을 물어뜯든 죽은 자의 피를 마셨다.

공포와 전율의 대명사.

그러한 자를 죽였다. 그러니 놀랄 수밖에 없었다. 체스터 백작의 시선이 카이론에게 고정되었다. 솔직히 체스터 백작이 카플루스 자작과 함께 그를 부른 이유는 비수 연대에서 작전 지휘권을 가지고 있는 유일한 지휘관이기 때문이다.

그리고 그저 군단장을 보았다는 명예를 주고자 했다. 그런데 아니었다. 순간 체스터 백작의 뇌리에 번개가 스치고 지나갔다. 척추를 따라 흐르는 찌르르함에 전신이 바들바들 떨려왔다.

"설마……."

"제가 이룬 공의 삼분의 일은 카이론 에라크루네스 대위가 있었기에 가능했습니다."

일부러 카이론의 공을 축소했다. 실제로 모든 것이 카이론에 의해서 이뤄졌다고 하면 대체 누가 믿겠는가? 그리고 지금은 세력을 쌓아야 할 때지 드러내 공을 탐할 때가 아니었다. 한 손으로 열 손을 막을 수는 없는 법이다.

제4장
주목받다

Warrior

체스터 백작은 놀라고 있었다. 작게 놀라는 것이 아니라 아주 크게 놀라고 있었다. 심장이 밖으로 튀어 나올 만큼 말이다. 이제 겨우 열여덟 살이다. 덩치가 아무리 산만 해도 나이를 결코 숨길 수는 없었다.

불미스러운 일로 조기 졸업하고 쫓겨나듯 자대 배치를 받았다. 가문으로부터 아무런 도움도 받지 못하고 말이다. 물론 그 이면을 읽지 못할 리 없는 체스터 백작이다. 그 이면은 보지 않아도 뻔하니까.

"대단하군."

"카플루스 자작님의 조언이 있어 가능했던 일입니다."

카이론은 겸양했다. 그런 카이론을 보며 제법이라는 표정을 지어 보였다. 체스터 백작의 입장에서는 카플루스 자작이든 카이론이든 상당히 기꺼운 존재였다. 우선 카플루스 자작을 판단하자면 과거와 확실히 달라졌다.

체스터 백작 주변에는 나름 천재라고 하는 자들이 넘쳐흘렀다. 지금 체스터 백작이 원하는 것은 무력이지 두뇌가 아니었다. 그에 맞게 카플루스 자작은 중급이 되어 돌아왔다. 또한 자신의 목적을 위해 허리를 굽힐 줄 알게 되었다.

애초에 체스터 백작이 카플루스 자작을 데릴사위로 들인 첫 번째 이유는 손자를 보고 가문의 후계자로 들이는 것이고, 두 번째 이유는 가문의 무력 강화에 있었다.

첫 번째의 효용 가치는 충분히 달성했다. 카플루스 자작의 아들은 카플루스라는 성을 받은 것이 아니라 체스터라는 성을 받았다. 자신의 딸이자 카플루스 자작의 아내이고 가문의 후계자 어머니되는 여인은 카플루스 자작을 제거하기 위한 작전에 들어감과 동시에 스스로 목숨을 버렸다.

가문을 위해서라는 유서가 발견되었으나 알 만한 사람들은 다 알고 있다. 결코 스스로 택한 죽음이 아니라는 것을 말이다. 그리고 카플루스 자작 역시 그 소식을 전해 들었다. 이제 남은 것은 역시 카플루스 자작. 때문에 카플루스 자작은 반드시 제거되어야 할 인물이었다.

그런데 지금은 달랐다. 모든 것을 알고 있음에도 불구하고 먼저 머리를 숙이고 들어왔다. 그의 가슴에 지독스런 복수심이 깃들어 있음을 알고 있다. 하지만 체스터 백작은 오히려 기꺼웠다. 지독스러울 정도의 복수심은 능력의 촉발을 이끌어낸다.

20년간 보아온 카플루스 자작이다. 그는 절대 자신의 손아귀를 벗어날 수 없었다. 그러하니 효용 가치가 증가했는데 굳이 그를 버릴 이유는 없었다. 아니, 오히려 더 많은 것을 끌어낼 수 있었다.

그렇게 카플루스 자작을 인정한 바로 그 순간에 전혀 새로운 인물이 모습을 드러내었다. 솔직한 심정으로 체스터 백작은 이 덩치 큰 어린아이 같은 중대장은 안중에도 없었다. 그저 우연에 우연이 겹쳐 지금이 있다고 생각했다.

하지만 카플루스 자작의 말대로라면 이야기가 달라진다. 무력을 담당해 줄 인재가 저절로 굴러들어 온 것이나 다름없으니 말이다. 약간의 의심이 들며 그 실력을 확인해 보고 싶었다. 카플루스 자작의 말이 맞는지 말이다.

그때였다.

"시험을 해봐도 되겠습니까?"

전속 부관인 칼라시니코프 소령이 물었다. 그에 체스터 백작의 입가에 가는 미소가 떠올랐다. 자신의 가려운 부분을 정확히 긁어준 때문이다. 전공을 무시할 수는 없지만 그렇다고 모두 믿을 수 있는 것은 아니다.

"어떤가?"

체스터 백작이 카이론을 지그시 바라보며 물었다. 카이론은 고개를 끄덕였다. 하나 그의 입에서 흘러나온 말은 의외였다.

"대련입니까, 아니면 진검입니까?"

카이론의 물음에 칼라시니코프 소령의 얼굴이 일그러졌다. 대련이라 함은 일반적인 기사들이 단련을 위해 하는 연습을 말함이고, 진검이란 목숨을 걸겠느냐는 것이다. 칼라시니코프 소령이 얼굴을 일그러뜨린 이유는 한참이나 애송이가 자신에게 진검을 들고 대련이 아닌 대결을 원했기 때문이다.

"정히 권주를 마다하고 벌주를 원한다면⋯⋯."

체스터 백작이 뭐라 말을 하기도 전에 칼라시니코프 소령이 먼저 입을 열었다. 체스터 백작은 슬쩍 칼라시니코프 소령을 보더니 말없이 고개를 끄덕이며 말문을 닫았다. 그만큼 체스터 백작은 칼라시니코프 소령을 믿었다.

그를 믿지 않으면 대체 누구를 믿는다는 말인가? 그런데 그때 카플루스 자작이 조용히 입을 열었다.

"생사결은 위험합니다."

"누가 말입니까?"

카플루스 자작의 말에 칼라시니코프 소령이 발끈하며 나섰다. 순간 그의 전신에서 상대를 압도할 만한 거센 기세가 쏟아져 나왔다. 하나 카플루스 자작과 카이론은 미동조차 하지 않았다.

그에 칼라시니코프 소령은 놀랄 수밖에 없었다. 과거였다면 자신의 기세를 이렇게 자연스럽게 받아넘길 수 없었다. 그가 놀라는 사이 카플루스 자작이 체스터 백작을 직시하며 입을 열었다.

"한 명의 전력도 아쉬운 지금 자중지란은 있을 수 없습니다."

"호오~"

꿈틀.

자존심이 상했음인가? 칼라시니코프 소령의 볼살이 꿈틀거렸다. 그러한 칼라시니코프 소령을 슬쩍 일견한 체스터 백작은 고개를 끄덕였다.

"생사결은 인정할 수 없네. 지금은 상당히 중요한 시기니까 말이야."

"…알겠습니다."

칼라시니코프 소령이 어렵게 입을 열었다. 마뜩찮은 표정이 분명했다. 그에 반해 카이론은 처음부터 지금까지 전혀 감정을 드러내지 않고 있었다. 그러한 카이론의 모습에 체스터 백작은 진심으로 감탄하고 있었다.

'어린 나이에… 진정으로 대단하군.'

이제 고작 열여덟.

이 겨울이 지나 신년을 맞이하면 열아홉이 되는 카이론 에 라크루네스. 그는 진정으로 침착했다.

"그와 겨뤄 승리를 쟁취한다면 그 공을 인정하도록 하지."

"알겠습니다."

그렇게 답하며 카이론이 거체를 일으켜 세웠다. 앉아 있을 때는 몰랐으나 몸을 꼿꼿이 세우자 기가 질릴 정도로 컸다. 그러한 카이론의 앞으로 말없이 걸어가는 칼라시니코프 소령 이다.

그리고 그의 앞에 우뚝 선 후 고개를 서서히 들어 올려 카이론을 바라보았다. 그를 내려다보는 카이론. 둘의 시선이 부딪쳤다. 그에 칼라시니코프 소령의 입가에 가느다란 실선이 그어졌다.

"애송이, 쓴맛을 보여주마."

"……."

칼라시니코프 소령의 도발에 말없이 그를 바라보던 카이론이 시선을 거두고 체스터 백작에게 물었다.

"장소가 따로 있습니까?"

자신을 도발했음에도 카이론은 여전히 무표정했다. 그런 그의 모습에 또다시 감탄하는 체스터 백작이다.

　'탐나는군.'

　정말 탐이 났다. 인재 욕심이 많은 체스터 백작에게 더없이 탐이 나는 카이론이었다. 뛰어난 두뇌, 그리고 무심할 정도의 침착함, 거기에 가진 바 무력까지 확인된다면?

　'끌어들인다.'

　그러한 체스터 백작의 얼굴을 바라보며 그 누구도 모르게 웃음 짓고 있는 이가 있었으니 그는 바로 카플루스 자작이었다. 자신의 복수에 한 걸음 다가가고 있었기 때문이다. 아내를 죽이고 아들마저 빼앗아가 아들에게 아저씨라 불리게 만든 자에 대해서 말이다.

　"안내하지."

　체스터 백작이 직접 일어났다. 굳이 그럴 필요는 없었다. 하지만 체스터 백작은 이 약관에 이른 중대장의 실력을 직접 보고 싶었다. 그 자신이 지략으로 6군단장의 자리를 앉아 있다고는 하나 무력을 전혀 알아보지 못하는 것은 아니다.

　오히려 사람 보는 눈과 기사들의 실력을 알아보는 눈은 그 누구보다 밝았다. 무력이 약하다고는 하나 베를루스코니 백작 가문에 처진다 뿐, 실제 체스터 백작 가문의 무력은 약한 것이 아니었다.

체스터 백작이 그들을 안내한 곳은 한적한 곳이었다. 사방으로 빽빽한 나무가 채워져 있으며, 한편엔 가지런하게 정렬되어 있는 무기와 방패 거치대가 존재했다. 바로 군단장의 개인 연무장이었다.

그곳에 도착하자마자 카이론과 칼라시니코프 소령은 연무장의 중앙으로 나섰다. 칼리시니코프 소령은 키가 185㎝ 정도로 다부진 체구를 지니고 있었다. 그러한 그가 꺼내 든 무기는 바로 클레이모어였다.

광도의 검으로 손잡이는 십자형이며 장식이 없고 심플했다. 그는 기사로서 현란한 검보다는 심플한 검을 선택한 것을 보니 그의 성정 역시 필히 꾸미기를 저어함이 틀림없었다.

클레이모어는 날의 두께는 얇고 탄력성이 적어 적을 베는 롱 소드의 성격을 계승한 검이라 할 수 있으며, 무겁다기보다는 잘 베어지는 날을 지닌 검이다. 그가 지닌 클레이모어의 길이는 2m 가량이고, 폭은 4~5㎝, 무게는 5㎏ 가량으로 보였다.

적의 무기를 살펴본 카이론은 등 뒤에서 예의 언월도를 꺼내 손잡이의 중단을 잡고 비스듬히 몸을 세웠다.

"특이한 도로군."

"……."

칼라시니코프 소령의 말에 말없이 그저 자세만 잡아가는

카이론. 그러한 카이론의 모습에 그가 인상을 구겼다. 카이론의 태도가 마치 자신의 선의를 무시하는 것 같은 느낌이 들었기 때문이다.

"네놈의 실력이 어떤지 나에게 보여라."

간단한 말이었으나 그 말에 내포된 의미는 백 마디의 말보다 더 정확하게 카이론에게 전해지고 있었다.

"오라. 선공을 양보하마."

"그 말, 후회하게 될 것입니다."

쾌에엑!

말을 마친 카이론이 거침없이 칼라시니코프 소령을 향해 언월도를 찔러들어 갔다.

"헙!"

칼라시니코프 소령은 다급한 소리를 내며 급급하게 클레이모어를 들어 카이론의 언월도를 막아갔다. 그가 놀란 이유는 중병이든 단병이든 모든 무기를 다룸에 있어서 예비 동작이라는 것이 있다.

예비 동작이라 함은 살상력을 극대화하기 위한 힘의 전달과 함께 신체에 무리가 가지 않고 원활한 근육의 움직임을 위해 반드시 필요했다. 하지만 카이론에게는 그런 예비 동작이 삭제되어 있었다.

비스듬히 선 자세 그대로 빠르게 쇄도했고, 예기치 않은 카이론의 쇄도에 칼리시니코프 소령은 본능적으로 검을 들어 방어했다.

카앙!

그것이 시작이었다. 카이론은 어떠한 기교도 부리지 않았다. 오직 힘으로 칼라시니코프 소령을 밀어붙이고 있었다.

콰앙! 쾅! 콰앙!

위에서 아래로, 좌에서 우로 휘돌고 몰아치며 그어 올렸다. 칼라시니코프 소령은 연신 뒤로 물러날 수밖에 없었다.

'크흐읍. 이, 이건 대체⋯⋯.'

연속적인 공격에 당황한 것은 아니었다. 그가 당황한 것은 한 번 부딪칠 때마다 검병을 타고 전신 구석구석을 강타하는 아찔한 충격 때문이었다. 검병을 놓아버리고 싶었다. 하지만 그럴 수는 없었다.

평생을 같이한 검이다. 어찌 검을 놓을 수 있다는 말인가? 그에 칼라시니코프 소령은 아랫입술을 질끈 깨물었다. 반격할 기회를 찾아야만 했다. 이대로 가다가는 이 애송이에게 처참하게 패배하고 말 것이기 때문이다.

그 순간에도 카이론은 가차 없이 칼라시니코프 소령의 향해 언월도를 휘두르고 있었다. 지극히 간결한 그의 도의 궤적. 세 살 먹은 어린아이조차도 막을 수 있을 정도로 선명하게 드러난 도의 궤적이었지만 칼리시니코프 소령은 결코 쉽게 받아낼 수 없었다.

'칼라시니코프 소령이 밀린다? 재미있군.'

순간 연무장에서 둘의 대련을 지켜보고 있던 체스터 백작의 얼굴이 기묘하게 변했다. 그리고 그는 슬쩍 자신의 곁에 있는 카플루스 자작을 바라보았다. 무표정했다. 하지만 그 속에는 당연하다는 표정이 묻어나 있다.

'그는… 알고 있었군.'

체스터 백작은 미약하게 고개를 끄덕였다. 이미 예상한 일이다. 카플루스 자작이 거침없이 그를 대동하고 그에 대해 말할 때부터, 그리고 그에게 무언가 알 수 없는 변화가 일어났다는 것을 알아차린 이후부터일 것이다.

'그의 변화에 저 나이 어린 중대장이 있었던 것인가?'

카플루스 자작의 표정은 몰라도 그의 눈동자에는 무한한 신뢰가 담겨 있었다. 귀족이, 그것도 나이 많은 사람이 귀족이 아닌 자, 혹은 자신보다 경험이나 지식적인 면에서 한참 뒤떨어지는 자에게 신뢰를 보내기는 무척이나 힘들었다.

그러함에도 카플루스 자작은 카이론 에라크루네스 대위에게 무한의 신뢰를 보내고 있었다.

콰아아앙!

"크흐으읍!"

그러는 와중에 체스터 백작의 귓가에 굉음이 들려왔다. 그의 시선이 빠르게 꿍음이 들려온 곳으로 향했다. 그의 눈에 답답한 신음성을 흘리며 클레이모어에 몸을 기댄 채 겨우 서 있는 칼라시니코프 소령이 보였다.

칼라시니코프 소령의 신형이 위태롭게 흔들리고 있다. 그의 얼굴은 피곤함에 물들어 있고, 입가에는 가늘게 핏물이 흘러내리고 있었다. 내상을 입은 것이다. 그러한 칼라시니코프 소령을 무심하게 바라보고 있는 카이론.

그의 입이 열렸다.

"검이 너무 가볍습니다. 검의 길이는 적당하나 무게가 가볍고 검 폭 역시 너무 얇습니다."

그렇게 말하면서 언월도를 든 채 무기 거치대가 있는 곳으로 다가갔다. 그곳에서 클레이모어이기는 하나 10㎝ 정도의 검 폭에 무게도 족히 15㎏은 나갈 것 같은 것을 들어 가볍게 휘둘러 보더니 그것을 칼라시니코프 소령에게 던졌다.

칼라시니코프 소령은 엉겁결에 자신을 향해 날아드는 중병에 가까운 클레이모어의 손잡이를 잡았다. 묵직했다. 지쳐서 힘들어하던 그의 전신 근육이 다시 깨어나는 것 같았다. 까슬까슬하고 땀에 절어 있는 손잡이가 손아귀에 딱 맞았다.

그는 자신이 들고 있던 검을 놓아두고 카이론이 던진 검을 두 손으로 잡았다. 자신의 검보다 무거웠다. 하지만 이상하게 잃어버린 무언가를 찾은 것 같은 느낌이 들었다.

"준비되셨으면 다시 가겠습니다."

몇 번이고 두 손으로, 혹은 한 손으로 카이론이 던져준 클레이모어를 휘둘러 보던 칼라시니코프 소령은 말없이 고개를 끄덕였다. 카이론은 이번에도 사전 예비 동작 없이 그대로 쇄도해 들어갔다.

콰아앙!

다시 부딪쳤다. 굉음이 들려왔고, 또다시 칼라시니코프 소령은 비척이며 뒤로 물러났다. 그러한 둘의 대련은 계속되었다. 10분이 되고 30분, 1시간이 되었을 때,

"커허억! 허억! 허억!"

마침내 칼라시니코프 소령은 연무장에 팔과 다리를 사방으로 활개 친 후 거친 숨을 내쉬며 쓰러졌다. 기사로서 절대 있을 수 없다는 검을 놓은 채로 말이다. 그러한 칼라시니코프 소령의 목에는 예의 카이론의 날카로운 도 끝이 대어져 있다.

짝! 짝! 짝!

체스터 백작은 박수를 쳤다. 박수를 치지 않을 수 없었다. 그는 박수를 받을 만한 충분한 실력을 지니고 있었다.

"훌륭하군."

그에 카이론은 언월도를 거둬들였다. 그리고 칼라시니코프 소령을 향해 시선을 두며 입을 열었다.

"아시겠습니까?"

"……."

카이론의 질문에 말없이 힘겹게 고개를 끄덕이는 칼라시니코프 소령이다. 그의 얼굴은 새하얗게 탈색되어 있었다. 그 모습에 체스터 백작이 물었다.

"괜찮은가?"

그의 물음에 이번에도 역시 힘겹게 고개를 끄덕일 뿐인 칼라시니코프 소령이다. 평소의 그였다면 절대 있을 수 없는 일임이 분명했다. 하지만 지금은 그마저도 힘겨워하고 있었다.

"시간이 필요할 겁니다."

"그런가? 그럼 가지."

카이론의 말에 체스터 백작은 그 말뿐 어떤 조치도 취하지 않고 카플루스 자작과 카이론을 대동한 채 연무장을 벗어났다. 그러한 세 사람의 모습을 고개를 모로 돌려 지켜보던 칼라시니코프 소령은 자신도 모르게 메마른 웃음을 지어 보였다.

"크크큭!"

참담했다. 자신은 자신의 반도 살지 못한, 자신이 애송이라 비웃던 이에게 검에 대해 가르침을 받았다. 말도 안 되는 일이지만 사실이니 뭐라 할 말이 없다. 하복부에 가득하던 마나 오션이 텅 빈 느낌이 들었다.

손가락 하나 까딱하고 싶지 않았다. 목이 말랐다. 아니, 목이 마른 것이라 할 수 없었다. 자신은 무언가를 갈구하고 있었다. 한데 그것이 무엇인지 알 수 없었다.

'뭘까? 뭐지?'

그때 그의 피부가 갑작스럽게 시원해진다는 느낌이 들었다. 얼마 안 있으면 정오이다. 해가 하늘 꼭대기에 오른 것을 보니 말이다. 땀으로 흠뻑 젖었고, 겨울 햇살이라고 하기에는 아직 따뜻한 햇살이 비쳐듦에 따뜻하고 시원한 느낌이 그의 겉과 속을 가득 채웠다.

"후우우~ 하아아~"

그는 자신도 모르게 기이한 신음성을 토해냈다. 그 기이한 신음성과 함께 그는 전신이 쾌감에 젖어 가볍게 떨림을 느낄 수 있었다. 놓치고 싶지 않았다. 가벼운 떨림은 조금 더 격렬해졌고, 그럴수록 칼라시니코프 소령은 쾌감에 정신을 잃을 것 같았다.

그러기를 한 시간여.

주르륵!

마침내 그의 눈에서 굵은 눈물이 흘러내렸다. 하지만 그의 입은 눈물과는 다르게 찢어질 듯 크게 웃고 있었다. 소리 없는 웃음. 누가 보면 분명 미쳤다고 할 것임에도 그는 미친 듯이 눈물을 흘리고, 그리고 웃었다.

콰아악!

그는 클레이모어를 잡아 들었다. 자신과 평생을 같이한 클레이모어가 아닌 카이론이라는 애송이가 던져준 클레이모어였다.

"끄으으응!"

그의 입에서 앓는 소리가 흘러나왔다. 그는 몸을 일으켜 세우더니 15kg의 클레이모어를 마치 가벼운 나뭇가지 휘두르듯 휘둘렀다. 그리고는 이내 자신의 가문에 전해져 나오는 검식을 풀어냈다.

찌르고, 베고, 휘돌고, 돌아서고, 앞으로 나아가고, 뒤로 물러나며 회전하고 날아올랐다. 이전의 클레이모어보다는 훨씬 더 자연스럽고 더욱더 파괴력이 가미된 그의 움직임이다. 그의 움직임은 점점 절정으로 향했고, 마지막으로 그는 거침없이 뛰어올라 독수리가 먹이를 낚아채는 듯한 모습으로 떨어져 내렸다.

그리고 그의 클레이모어에서는 노란색의 오러 안(검사, 검의 형상을 하면서 실 모양으로 뭉쳐진 모습으로 마나가 방전되는 형상. 검 주변 1~2cm 정도의 범위로 퍼짐)이 선명하게 모습을 드러내었다.

콰아아아! 쩌저적!

연무장 바닥이 폭발했다. 돌가루와 흙먼지가 날아올라 그의 모습을 숨겼으며, 연무장 주변을 두른 조경석이 금이 가며 진저리를 쳤다. 그리고 돌가루와 흙먼지가 가라앉을 즈음 칼라시니코프 소령은 거대한 클레이모어를 거둬들였다.

"그에게… 빚을 졌군."

빚을 졌다. 어떻게 해도 쉽게 갚을 수 없는 큰 빚을 졌다. 아마도 그 빚은 어쩌면 목숨으로 대신해야 할지도 몰랐다. 그는 가볍게 고개를 끄덕인 후 걸음을 옮겼다. 그가 가는 곳은 역시 체스터 백작의 집무실이었다.

그의 걸음은 연무장에 오기 전보다 훨씬 가벼워져 있었다. 마침내 그가 체스터 백작의 집무실의 문을 열고 들어섰다. 체스터 백작은 집무실을 들어서고 있는 칼라시니코프 소령을 바라보았다.

'달라진… 건가?'

그랬다. 문을 열고 들어서는 칼라시니코프 소령은 달라져 있었다. 겉모습은 달라진 것이 없었지만 지금껏 평생을 대해온 칼라시니코프 소령이다. 그런데 그 분위기가 이전보다는 훨씬 자유로워 보였으며 절제되고 강해 보였다.

"왔나?"

"왔습니다."

체스터 백작은 알고 있음에도 담담하게 물었고, 칼라시니코프 소령 역시 담백하게 입을 열었다. 칼라시니코프 소령은 말없이 체스터 백작의 등 뒤로 돌아가 우뚝 섰다. 그리고 카이론을 바라보았다.

하나 카이론은 그를 바라보지 않았다. 오히려 그러한 점이 칼라시니코프 소령의 마음을 더욱 휘어잡았다. 내세우지 않는다. 마치 평소와 달라진 것이 없다는 듯 평범하게 대하는 카이론의 모습에 말이다.

"8사단장으로 임명하지."

"고맙습니다."

결정을 내렸다. 하지만 일어나지 않았다. 아직 체스터 백작의 말은 다 끝나지 않았으니까 말이다.

"그리고 카이론 에라크루네스 대위는 2계급 특진시켜 중령에 임명하며 8사단 예하 정찰 대대의 대대장으로 임명한다."

카이론은 말없이 고개를 끄덕였다. 이 세계의 직급이나 군대의 조직은 분명 21C의 지구와 같았으나, 작전권이나 인사권은 그 체계가 조금 달랐다. 그 연유는 이곳에는 지구에 있지 않은 귀족이라는 체계가 존재했기 때문이다.

"하지만 이것은 본작이 군 사령관이 되었을 때 가능한 명령이겠지."

"……."

체스터 백작의 말에 카플루스 자작과 카이론은 미미하게 고개를 끄덕였다. 분명 맞는 말이다. 그가 온전하게 군 사령관이 되었을 때 그들은 명령을 받을 수 있을 것이다.

"알겠습니다. 부디 건승하시길 바랍니다."

카플루스 자작은 자리에서 일어났다. 가볍게 군례를 올리고 체스터 백작의 집무실을 나서려는 그때 체스터 백작의 물음이 들려왔다.

"어떻게 하면 되겠나?"

"무엇을 말입니까?"

카플루스 자작이 돌아서며 물었다.

"본작은 확실하게 군 사령관에 오르고 싶은데 말이지. 그러자면 조금 더 확실한 무언가가 있어야 할 것 같아서 말이네."

"……"

그저 말없이 체스터 백작을 바라보는 카플루스 자작이다. 그러다 무겁게 입을 열었다.

"저를 검으로 이용하실 요량이라면 정치적인 역량은 재단치 말아주시길 바랍니다. 저는 그저 군단장님의 검일 뿐입니다."

카플루스 자작의 말에 미미하게 고개를 끄덕이는 체스터 백작이다.

"그렇군. 나가보게."

"그럼."

카플루스 자작과 카이론이 집무실을 벗어났다. 그 모습을 날카로운 눈으로 지켜보는 체스터 백작이다. 그리고 그들이 집무실의 육중한 문을 열고 완전히 자취를 감췄을 때에야 비로소 입을 여는 체스터 백작이다.

"어떻게 생각하나?"

"무엇을 말입니까?"

"카플루스 자작 말일세."

"그의 말이 맞습니다. 그리고 그것이 백작 각하께서 원하시는 답안이 아니었습니까?"

"맞아. 그런데 이상하게 너무나도 정석적인 모범 답안이 나와서 말이네."

"아실지 모르지만 기사가 익스퍼트에 오르면 두 가지 현상이 일어납니다."

"그렇다는 것은……."

기사는 마스터의 경지에 이르면 신체적인 재구성을 거친다. 그것을 바디 체인지라 일컫고, 그레이트 마스터에 경지에 이르면 정신적인 확장을 경험한다. 그것을 소울 체인지라 일컫는다.

익스퍼트의 기사는 하급에서 중급으로, 중급에서 상급으로, 상급에서 최상급으로 벽을 하나씩 뚫을 때마다 육체적으로 정신적으로나 급격한 변화를 일으킨다.

물론 마스터나 그레이트 마스터만큼은 아니다. 그래도 변화는 변화이다. 그래서 상위로 올라갈수록 기사들은 서적을 가까이하며, 그 수명이 늘어난다. 그것을 너무나도 잘 알고 있는 체스터 백작이다.

"카플루스 자작은 이미 중급의 기사였습니다. 그것도 완숙에 다다른 기사입니다. 어쩌면 근시일 내에 또 한 번 그 벽을 깰 수 있을지도 모릅니다."

그렇게 말한 후 잠시 말문을 닫은 칼라시니코프 소령이다. 체스터 백작은 그의 말을 기다렸다.

"그가 그의 옆에 있다면 말입니다."

"그… 정도인가?"

"그는… 감히 제가 측정할 수 없을 정도의 인물임에 분명합니다."

칼라시니코프 소령이 말하는 그는 카이론이다. 그것을 모를 리 없는 체스터 백작. 그는 오히려 당황했다. 솔직히 말이 안 되는 소리이기 때문이다. 이제 열여덟이다. 그런데 칼라시니코프 소령이 측정할 수 없을 정도의 경지라니 말이다.

"그와 대련 후 저는 벽 하나를 허물었습니다. 그러함에도 그는 여전히 거대한 벽이었습니다. 아니, 그 벽이 너무나 거대해 아무것도 느낄 수 없었습니다. 그를 놓치면 필히 후회할 것입니다."

"……."

체스터 백작은 어떤 말도 할 수 없었다. 벽을 하나 허물었으니 익스퍼트 상급이다. 익스퍼트 상급은 자신이 알기로 카테인 왕국에 불과 스물 정도밖에 존재하지 않았다. 그 많고 많은 기사 중에서 말이다.

그런데 그러한 그조차도 아무것도 느낄 수 없는 존재가 바로 카이론 에라크루네스 대위였다.

"어렵군."

"어려울 것 없다고 생각합니다."

체스터 백작의 말에 거침없이 말을 이어가는 칼라시니코프 소령이다.

"제가 알기로 그의 가문은 귀족파에 속해 있습니다. 하지만 그는 가문의 사정으로 인해 버려졌습니다."

"그래, 그렇지."

순간 체스터 백작은 머리가 맑아지는 느낌이 들었다. 보통은 가문에서 버려졌다 하더라도 다시 가문을 찾아들려 하는 것이 귀족 가문의 서자들이다. 하지만 체스터 백작은 카이론과 대화하면서 느낄 수 있었다.

카이론 에라크루네스 대위는 자신의 가문에 대한 어떠한 감정도 가지고 있지 않음을 말이다. 하다못해 그 가문에 대한 복수심이나 애증조차도 느낄 수 없었다. 물론 그것이 자신만의 느낌일지는 모르지만 자신의 오랜 경험상 지금 자신이 느낀 감정은 절대 틀리지 않을 것이다.

"가능할까?"

"그건… 직접 물어보시는 것이 어떻습니까?"

칼라시니코프 소령의 답에 체스터 백작은 고개를 끄덕였다. 가끔은 직접 만나 확인하는 것이 정답일 때도 있다. 머리로 사람을 헤아린다는 것은 지극히 어리석은 방법이다. 물론 충분한 정보가 있고 커다란 판국을 좌지우지할 때는 오히려 이성적으로 생각하는 것이 옳을 것이나 이 같은 경우는 정공법으로 돌파하는 것이 옳을지도 몰랐다.

"그를 만나봐야겠군."

체스터 백작은 결심했다. 그가 이런 결심을 한 것은 상당히 복잡한 사정이 얽혀 있었는데, 그중 가장 큰 것은 역시 칼라시니코프 소령의 변화 때문이었다. 정작 칼라시니코프 소령 본인은 모르지만 체스터 백작이 보기에 그는 이미 완벽하게 카이론 에라크루네스 대위를 옹호하고 있었다.

처음 칼라시니코프 소령이 카이론을 보았을 때는 명백하게 적의가 있었다. 애송이를 보는 듯한, 무시하는 듯한 모습이 칼라시니코프 소령의 전신에서 뿜어져 나왔다. 그런데 지금은 아니었다.

'결국 그를 직접 만나 대화를 해봐야 한다는 말이로군.'

인정하지 않을 수 없었다. 그 나이 어린 중대장에게는 무언가가 있었다. 중급이던 카라시니코프 소령이 단번에 상급의 벽을 허물 정도의 무엇이 말이다.

물론 그도 알고 있다. 깨달음이라는 것이 꼭 자신보다 상급자에게서만 얻어지는 것이 아님을 말이다. 하지만 이번에는 명백했다. 나이 어린 중대장은 칼라시니코프 소령과의 대련에서 승리했으며 그를 가르쳤다는 것을 말이다.

"다른 일정이 없다면 그를 보고 싶군."

"저녁 시간이 비어 있습니다."

"좋군."

저녁 8시쯤 카이론은 체스터 백작과 독대하고 있었다. 물론 단독 독대는 아니었다. 체스터 백작의 옆에는 그림자처럼 칼라시니코프 소령이 있었다. 그리고 그들 사이에는 눈이 휘둥그레질 정도의 성찬이 준비되어 있었다.

체스터 백작은 카이론을 저녁 식사에 초대했음에도 불구하고 그가 처음 이곳에 들어온 이후 단 한마디도 하지 않고 있었다. 여느 나이 어린 중대장이라면 분명 껄끄러운 상황이겠으나 카이론은 마치 아무렇지도 않다는 듯, 너무도 당연하다는 듯 성찬을 즐기고 있었다.

"입에는 맞는지 모르겠군."

"훌륭합니다."

참으로 담백한 답이다. 하지만 체스터 백작은 자신도 모르게 슬쩍 웃음 지었다. 이 담백한 대답이 수천 마디의 칭찬보다 더 가슴에 와 닿는 것은 대체 무슨 까닭일까?

"다행이로군."

"……"

그 후 다시 대화가 단절되었다. 카이론은 굳이 말을 하려하지 않았다. 주인이 초청했고, 자신은 손님으로 식사를 즐기면 될 뿐이다. 굳이 어떤 목적과 결부시킨다면 자신은 지금 이런 침착함을 유지할지 못할지도 몰랐다.

그렇게 성찬이 모두 끝나고 둘은 식후 티타임으로 군단 본부의 옥상으로 올라갔다. 요새와 같은 군단 본부이기에 뾰족한 지붕이기보다는 사방을 관찰할 수 있는 평평한 석성으로 이루어져 있었다.

그 옥상에 불이 켜져 있고, 티 테이블이 세팅되어 있다. 당연히 차를 준비한 자는 칼라시니코프 소령이었다. 여느 하녀나 하인은 이 차가운 밤공기를 감당할 수 없기 때문이다.

"들게. 페퍼민트 차네."

"고맙습니다."

카이론은 페퍼민트 차를 한 모금 머금었다. 전장에서는 절대 맛볼 수 없는 귀한 차다. 입안에 박하향이 감돌며 청량감을 주었다. 그리고 따뜻한 차가 들어가서인지 전신이 훈훈해지는 것 같았다.

물론 느낌일 뿐이지만 말이다.

딸깍!

그때 체스터 백작이 찻잔을 내려놓았다.

"실력이 대단하더군."

"고맙습니다."

너무 간단한 대답에 순간 체스터 백작이 할 말을 잃어버렸다. 그러다 피식 웃어버리는 체스터 백작이다.

"거두절미하고 묻지. 내 사람이 되겠는가?"

"……."

체스터 백작이 핵심을 찌르고 들어왔다. 카이론은 입으로 가져가던 찻잔을 잠시 멈칫했지만 이내 찻잔을 기울였다.

"무엇을 주시겠습니까?"

"무엇을 원하는가?"

"그저 살아감에 거침이 없었으면 좋겠습니다."

"……."

뜻밖의 대답이다. 그에 체스터 백작은 할 말이 없었다. 들어주지 못할 것도 없다. 하지만 그러기 위해서는 무엇보다도 먼저 그 자신이 누구와도 비견되지 않을 정도로 강력해야 하며, 자신 역시 일인지하 만인지상의 자리에 올라야만 한다.

"그러기에는 걸리는 것이 너무 많군. 나는 아직 그럴 만한 위치에 있지 않아서 말이지."

"그 위치에 가면 소관이 원하는 것을 들어주실 수 있습니까?"

"있네."

"아무런 조건 없이 말입니까?"

"……."

다시 한 번 묻는 카이론의 말에 체스터 백작은 함부로 말할 수 없었다. 남자로서, 혹은 귀족으로서 내뱉는 말과 그 말로 이루어진 약속은 천금과 같은 무게가 있다. 때문에 하나의 말을 함에 있어서, 혹은 하나의 약속을 함에 있어서 반드시 신중함이 담겨 있어야만 한다.

게다가 자신은 알족의 가주이자 수만의 병력 최고 위치에 서 있는 군단장이지 않은가? 그는 자신의 말을 그저 허공에 흩어지는 연기로 여기지 않았다. 자신의 한마디에 수만의 병력과 가문이 움직이기 때문이다.

"내 사람이 된다면, 그리고 언젠가 본작이 그 위치에 오를 수 있다면."

"그전에 저는 카플루스 자작 사람입니다."

"크흐음."

거북하고 불쾌한 헛기침이 토해져 나왔다. 만만치가 않았다. 자신의 작위와 위치라면 충분히 넘어올 것이라 생각했다. 하지만 어린 나이임에도 불구하고 전혀 흔들림 없었다. 오히려 불쾌했다.

겨우 시골의 무너져 가는 자작 가문의 가주를 택했다는 것에 대해서 말이다.

"사내란 시류를 읽을 줄 알아야 하네."

"그 시류가 군단장님이란 말씀이십니까?"

"……."

카이론의 질문에 입을 닫아버리는 체스터 백작이었다. 그는 잠시 카이론을 보다 이내 시선을 돌렸다.

"그렇군. 되었네. 오늘은 여기까지 해야겠군."

"저녁 정찬 감사했습니다."

"멀리 안 나가겠네."

"그럼."

카이론이 물러났다. 그런 카이론의 모습을 보며 여실하게 불쾌한 표정을 지우지 않는 체스터 백작이다. 자신의 제시를 받아들이지 않아서가 아니었다. 기회는 또 있으니까. 그가 불쾌한 것은 자신이 카플루스 자작에게 밀렸다는 데 있었다.

"역시 아직 어린 것인가?"

체스터 백작은 그렇게 생각했다. 하지만 칼라시니코프 소령은 그렇게 생각하지 않았다. 그러한 칼라시니코프 소령의 생각을 아는지 모르는지 체스터 백작은 깊은 고심에 빠져 손가락으로 티 테이블을 두드리고 있었다.

"그러면 카플루스 자작을 만나봐야겠군."

기실 체스터 백작이 카플루스 자작을 먼저 만나지 않은 이유는 바로 그와의 껄끄러운 관계 때문이었다. 그는 철저하게 내쳐진 자다. 그런데 효용도가 늘었으니 다시 그를 들이고자 함에 그 스스로도 조금은 민망스러울 수밖에 없었다.

하지만 이제는 달랐다. 다시 그를 들여야만 했다. 체스터 백작은 자신이 원하는 것이라면 그 어떤 수단과 방법을 동원해서라도 반드시 쟁취하고야 마는 그런 성격이었다. 체스터 백작은 기다리지 않았다.

시간은 기다려 주지 않으니까. 그리고 불과 몇 분 전까지 카이론이 앉아 있던 자리에 카플루스 자작이 앉아 있다.

"오랜만이로군."

"그렇습니다."

담담하게 말을 받는 카플루스 자작이다. 확실히 예전과는 달라진 모습이다.

"자신감인가?"

"그럴 수도 있겠습니다."

"전장이 나쁘지만은 않군."

"저를 부르신 연유를 듣고 싶습니다."

체스터 백작의 말을 자르고 카플루스 자작이 직접적으로 물어왔다.

"자네를 다시 신임하려 하네."

"……."

이미 예상이라도 했다는 듯이 고개를 끄덕이는 카플루스 자작이다. 그리고 그는 속으로 감탄하고 있었다. 지금까지 카이론 에라크루네스 대위가 말한 그대로 이뤄지고 있으니까 말이다.

하프 오거라 할 만큼 대단한 체구였으나 그가 가진 두뇌는 북부의 현자라 불리는 체스터 백작마저도 손안에서 가지고 놀 정도로 뛰어났다. 지금의 이 옷차림에서부터 오전의 담백한 모습, 그리고 그의 수족과 다르지 않은 칼라시니코프 소령에 대한 것까지.

이 모두가 카이론 에라크루네스 대위의 계획이다. 경악스러울 정도이다. 그의 얼굴은 무덤덤하고 그의 눈동자는 무감정함을 담고 있었지만 그의 마음속에는 형용할 수 없을 만큼 커다란 격변이 일어나고 있었다.

바로 자신의 장인이자 상사이며 가문의 생명줄을 쥐고 있는 이 잔인하도록 냉철한 체스터 백작에 대해서 말이다. 아들을 아들이라 부르지 못하고 부인을 부인이라 부를 수 없었다.

가족을 이뤘지만 사라진 지 오래이다. 그래서 자신도 이 세상에서 없어져야 했다. 하지만 자신은 살아남았고, 그것을 높이 사 자신을 다시 등용하려고 한다. 이것이 체스터 백작이 살아가는 방법이었다.

　자신이 상당히 적대적인 감정을 가지고 있다는 것을 알고 있음에도 불구하고 말이다. 자신의 모든 것을 바꿀 필요는 없겠으나 자신에게 부족한 것은 반드시 바꿔나가야 한다. 그래야 살아남는다.

　곰의 탈을 쓰고 여우의 속내를 지녀야만 했고, 때에 따라서는 오거의 난폭함을 드러내야만 했다. 그래서 카플루스 자작은 그렇게 변해가려 하고 있다. 이 순간 자신은 곰이 되어야만 했다.

　"그래서 말이야, 8사단장보다는 자네에게 군단 최고의 무력이라고 일컬어지는 특전여단을 맡기고 싶군. 물론 에라크 루네스 대위 역시 자네의 휘하에 두고 말이지."

　오로지 군단장의 명만을 듣는 특전여단. 특전여단이란 일반 병과의 대대급 병력으로 특수작전을 실행하는 부대(部隊)이며 기사단, 마법단과 더불어 군단의 중추 무력이라 해도 과언이 아니다.

　특전여단 네 개의 전대는 각각 한 개 중대의 규모로 이루어져 있다. 그런데 그 특전여단을 카플루스 자작에게 맡기고 네 개의 전대 중 한 개 전대를 카이론에게 맡기겠다는 것이다. 어떻게 보면 카플루스 자작이 원한 8사단장의 자리보다 더 중요한 자리라 할 수 있었다.

군단장의 최측근에서 작전 임무를 수행하는 부대의 사령관이니까 말이다. 하지만 카플루스 자작은 놀라지 않았다. 이미 짐작하고 있었고 카이론으로부터 언질을 받았기 때문이다.

"역시 그 때문입니까?"

"아니라고는 말할 수 없군. 자존심이 상하지만 그는 본작보다는 자네를 택했으니까 말이네. 하지만 이것을 알아야 할 것이네. 본작에게 마지막으로 그와 자네 중 누구를 택하겠냐고 하면 본작은 자네를 택할 것이라는 점을 말이네."

"그렇습니까?"

체스터 백작의 말에 카플루스 자작은 희미하게 미소를 떠올렸다. 체스터 백작은 아직까지 자신을 더 높게 평가하고 있었다. 카플루스 자작은 그 이유를 알고 있다. 그는 잘 모르지만 자신은 너무나도 잘 알고 있었다.

다루기 쉽고 중급의 실력을 갖고 있다. 또한 이제 중급에 올랐으니 언젠가는 상급에 오를 것이다. 그렇다면 부담스러운 카이론보다는 자신을 택하는 것이 옳았다. 하지만 카플루스 자작은 지극히 현실적인 선택을 한 체스터 백작이 어리석다고 생각했다.

그러나 결론적으로 그의 그런 현실적인 생각으로 인해 자신에게 기회가 왔다. 그리고 하나 더, 과거 그리도 멀게 느껴지고 커다란 산과 같던 체스터 백작의 그림자가 그렇게 높지도 거대하지도 않다는 것을 알게 되었다.

"알겠습니다."

알겠단다. 더 이상의 무슨 말이 필요하단 말인가? 성공했다. 체스터 백작의 입가에는 가느다란 미소가 떠올랐다.

"며칠 내로 명령서가 내려갈 것이네."

"다만……."

"다만?"

약간은 상기된 체스터 백작의 얼굴이 살짝 굳어졌다.

"그가 거느린 병력은 그를 따라야 할 것입니다."

그는 카플루스 자작의 말에 살짝 인상을 찌푸렸다. 그러다 고개를 끄덕였다.

"특전여단의 전대를 늘리면 되겠군."

가볍게 승낙했다. 전대 하나 늘리는 것이야 어렵지 않았다. 다만 견뎌내는 것은 그들의 몫이다. 특전사의 훈련은 그야말로 이루 형언할 수 없을 정도로 위험했으니 말이다. 하지만 카플루스 자작은 걱정하지 않았다.

그가 보기에 카이론이 이끄는 중대는 특전여단 내의 그 어떤 전대라 할지라도 쉽게 어찌 해볼 수 있는 전대가 아니니까 말이다.

"이만 가보겠습니다."

"알겠네. 그리고 내일부로 바로 특전여단 여단장실에서 업무를 보도록 하게."

"취임식은 없습니까?"

"특전여단의 여단장은 지금 공석이네. 에라크루네스 대위에게 죽은 고야틀레 천부장에게 당해서 말이지."

그에 알겠다는 듯이 고개를 끄덕인 카플루스 자작이 간단히 군례를 올린 후 군단장의 집무실을 벗어났다. 그 후 체스터 백작의 뒤에 있던 칼라시니코프 소령이 입을 열었다.

"위험하지 않겠습니까?"

"이 정도의 위험은 지고 갈 수밖에. 지금 현재는 그가 절대적으로 필요하니까 말이네."

"알겠습니다. 조치하도록 하겠습니다."

"그래, 그렇게 해주게."

그렇게 많은 일이 있던 6군단의 하루가 저물어갔다.

제5장

특전여단

Warrior

6군단 직할이자 샤벨 타이거를 부대 인장으로 하는 제6특전여단에 드디어 여단장이 부임했다. 들리는 소문에 의하면 6군단장의 사위라는 말도 있으며, 한 개 중대 규모의 병력으로 두 개 천인대를 막아냈다든가, 피를 마신 자라 불리며 특전여단 내에서도 공포의 대상이던 고야틀레 천부장을 죽였다는 말도 있었다.

어찌 되었든 그런 소문이 무성한 여단장이 새로 부임한다는 것이다. 전임 여단장이 고야틀레 천부장에게 목숨을 잃었다. 그런데 그런 고야틀레 천부장을 죽인 자가 부임한다니 제

6특전여단의 분위기는 상당히 고무되어 있었다.

"신임 여단장이 아니라 그의 예하에 있던 중대장이 고야틀레 천부장을 죽였다고 하더군."

"그게 말이 됩니까? 중대장이면 겨우 대위. 고야틀레 천부장의 실력은 중급이지만 상급의 파괴력을 지녔는데… 불가능합니다."

빌리 해밀턴 1전대장의 말을 엘링 트리아스 2전대장이 받았다. 그것은 3전대장과 4전대장 역시 마찬가지였다. 그들에게 있어서 고야틀레 천부장은 솔직한 마음으로 공포의 대상이었다.

여기서 해밀턴 1전대장을 제외하고는 그의 검격을 받아낼 수 있는 사람은 없다고 해도 과언이 아니다. 그런데 그런 고야틀레 천부장을 죽였다니 말이 안 된다. 중대장이면 군 경력은 충분하다고 하지만 그 충분함이 실력을 뒷받침해 주는 것은 아니니까 말이다.

"어쨌든 그가 이끌던 부대가 고야틀레 천부장이 이끄는 천인대를 박살낸 것은 맞지 않겠습니까?"

"그것은 확실한 것 같군."

멜빈 그랜더슨 3전대장의 말에 동의하는 해밀턴 1전대장이다.

"어쨌든 나쁘지 않군. 현 군단장님의 사위이고 어느 정도의 실력을 가진 야전부대 지휘관이라면 책상물림은 아닌 것 같으니 말이야."

해밀턴 1전대장의 말에 모두들 고개를 끄덕였다. 사실 특전여단의 여단장은 실력보다는 어떤 정치적인 효용성에 의해 부임하는 경우가 잦았다. 그러다 보니 특전여단을 지휘해야 할 여단장이 속된 말로 고문관이 되고 꿰다 놓은 보릿자루처럼 전대장들과 물과 기름처럼 섞이지 않는 경우가 많았다.

전임 여단장 역시 그런 경우였다. 그는 6군단장의 사람이 아니라 2군 사령관의 사람이었다. 그래서 6군단장은 그를 제거하기 위해 일부러 불가능한 작전을 하달했고, 마침내 전임 여단장을 제거하는 데 성공했다.

그런데 이번에 전투 병과의 대대장과 연대장을 거친 정통 야전 군인이 여단장으로 부임했고, 그것도 어떻게 보면 6군단장의 최측근이라 할 수 있는 군단장의 사위가 부임했으니 그러한 면에서 보자면 상당히 긍정적이라 할 수 있었다.

지금 이들이 부전대장들과 함께 이곳에 모여 있는 연유는 바로 신임 여단장을 맞이하기 위해서였다. 원래는 전 전대원이 나와 취임식을 해야 하지만 신임 여단장이 그럴 필요 없다고 강력하게 전해와 간소하게 맞이하는 것이다.

그때 그들의 시선에 멀리서 달려오는 한 마리의 말이 보였다.

호위도 없었으며, 일견하기에도 일반 전투마와는 차원을 달리하는 대단한 속도였다. 그 위에 먼지를 흠뻑 뒤집어 쓴 자 역시 당당한 체구에 승마술이 대단했다. 그래서인 부대 앞임에도 불구하고 말의 속도를 전혀 줄이지 않은 상대로 거침없이 달려오고 있었다. 그리고 그들의 앞에서 말을 멈춰 세웠다.

그가 말 위에서 전대장들과 부전대장들을 바라보며 입을 열었다.

"무슨 일인가?"

"예?"

그의 질문에 오히려 당황한 것은 전대장들과 부전대장들이었다. 뻔히 알고 있을 텐데 무슨 일이라고 물어보는 것이 황당했기 때문이다. 멍하니 있는 그들을 바라보며 신임 사령관은 무표정하게 말에서 내렸다.

위병소 부사관이 빠르게 다가와 말고삐를 잡았다.

"이왕 나왔으니 부대를 돌아 CP까지 걸어가도록 하지."

신임 특전여단 여단장, 그는 바로 카플루스 자작이었다. 과거였다면 그는 이러지 않았을 것이다. 그는 스스로 귀족이라는 의식을 가지고 있었기에 말이다. 하지만 지금 그는 철저하게 야전 군인이었다.

"부대원들은?"

"교육 훈련 중입니다."

카플루스 자작의 물음에 1전대장이 대표로 말했다. 그의 말처럼 부대의 연병장에서는 우렁찬 함성이 들려오고 있었다. 카플루스 자작은 그러한 부대원들의 교육 훈련을 슬쩍 바라보며 미약하게 고개를 끄덕였다.

"금일 8시부로 훈련 상황에 돌입한다."

"어떤……."

갑작스런 카플루스 자작의 말에도 해밀턴 1전대장은 당황하지 않았다. 이런 불시 훈련이야 늘 겪는 일이다.

"적 한 개 중대 규모가 부대의 주요 건물을 점거하고 지휘관을 암살하려는 상황이다."

"준비해야 합니까?"

"준비하지 않고 자신 있나?"

카플루스 자작의 물음에 해밀턴 1전대장은 의미심장하게 웃었다. 가끔 이런 되지도 않는 조건을 건 훈련 상황이 잡히기도 했다. 전임 여단장도 그랬다. 이것은 통과의례로 일종의 군기 잡기였다. 너희들의 실력을 보여라. 실력이 있다면 제재를 가하지 않겠다는 것이다.

"자신 있습니다."

"두고 보지."

그렇게 대화를 하는 동안 특전여단 주둔지 중 가장 높은 곳에 위치한 여단장 집무실에 도달할 수 있었다. 그는 집무실의 책상에 앉자마자 그동안 밀려 있는 결재 서류를 뒤적거리기 시작했다. 전대장들과 부전대장들은 멀뚱히 그 자리에 서 있었다.

그러기를 한참, 서류를 뒤적이며 결재하던 카플루스 자작의 고개가 들렸다.

"언제까지 그렇게 서 있을 것인가?"

"예?"

"나가서 준비를 하든지 업무를 보라는 말이네."

"알겠습니다. 특전!"

카플루스 자작의 말에 1전대장은 곧바로 군례를 올리고 물러났다. 그를 따라 모든 전대장과 부전대장이 집무실을 벗어났다. 그러한 그들을 바라보던 카플루스 자작은 깃털 펜을 놓고 손을 깍지를 낀 채 머리 뒤로 돌리며 허리를 폈다.

"자신 있다… 부임하자마자 상당히 재미있어지겠군."

의미심장하게 웃는 카플루스 자작. 그는 아직 전대장들에게 말하지 않은 부분이 있었다. 굳이 말을 해 경각심을 줄 필요는 없었다. 그들이 어떻게 대응하는지 보는 것도 재미있을 것이기 때문이다.

하지만 그러한 카플루스 자작과는 별개로 전대장들과 부

전대장들은 불쾌한 표정이 역력했다.

"이거 또 시작이로구만."

"그래도 뭐 정통 야전 군인의 길을 걸어왔으니 나름 분위기는 나는구만."

"웃기지 말입니다. 일반 병과와 특전여단을 같은 연장선에서 비교하려는 게 말입니다."

담담한 2전대장의 말에 3전대장과 4전대장이 불만스럽다는 듯 툴툴거렸다. 하지만 1전대장은 오히려 진득한 웃음을 떠올리고 있었다.

"오히려 잘된 일일지도 모르지."

"뭐가 말입니까?"

트리아스 2전대장이 반문했다. 사실 1전대장은 다른 전대장들보다 오래 군 생활을 했고 실력 또한 월등히 뛰어났다. 그러하기에 같은 전대장이라고는 하지만 모두 그에게 존칭을 사용했다.

"자네들 같으면 이렇게 하지 않겠나? 나 같으면 새로 부임하는 부대의 실력을 보기 위해서 반드시 이런 절차를 거치겠지. 그리고 궁금하겠지. 과연 일반 병과의 병사들과 다를 것인지 말이야. 그러면 보여주면 돼. 그 차이를 말이지."

"큭! 그렇긴 하군요. 여하튼 조금 준비는 해야겠습니다. 소문대로 그렇게 대단한 지휘관이라면 만만치 않을 터이니 말입니다."

1전대장의 말에 4전대장이 입술을 일그러뜨리며 맞장구쳤다. 네 명의 전대장 중에 유일하게 30대 후반인 그이기에 다른 이들보다는 조금 더 적극적이고 과격했다.

"준비를 해야겠군. 그것도 아주 철저하게 말이지."

"알겠습니다."

그렇게 전대장들과 부전대장들이 각자의 전대가 있는 막사로 흩어졌다. 그들은 비록 하루 저녁이지만 훈련이 상당히 재미있을 것 같다고 생각했다. 전투는 아니지만 전투를 상정한 훈련 상황이기 때문이다.

이런 훈련 중엔 그동안 쌓인 피로나 불만을 풀 수 있었다. 왜냐하면 대항군을 사로잡으면 대항군은 자신들이 잡은 포로가 되기 때문이다. 훈련이지만 실전과 다르지 않았다. 포로가 되면 고문할 수 있었고, 그 고문은 아주 가끔은 상당히 과격해질 수도 있었다.

그렇게 그들이 서로의 막사로 흩어지고 있는 그 순간 그들의 움직임을 하나도 놓치지 않고 바라보고 있는 일단의 무리가 있었으니, 바로 카이론이 이끄는 중대원들이었다. 아니, 이제는 정식으로 특전여단으로 발령이 난 상황이니 전대원들이라 해야 할 것이다.

"어렵지 않겠습니다."

4팀의 팀장이 된 마하리쉬 대위가 아주 시원하게 말했다. 엔그로스 대위와 바이에른 대위, 카르타고 대위 역시 고개를 끄덕였다. 마하리쉬 대위는 카이론이 6군단장과 면담이 있은 후 대위로 진급하고 정식 팀장으로 발령이 난 상태였다.

　그리고 카이론은 선임 세 전대장에게 그를 소개시켰다. 전대의 작전과 정보 참모를 겸임한다고 말이다. 반발은 없었다. 이미 전장에서 보낸 세월이 그들보다 오래되었고, 지금 이 상황이 그의 머리에서 나온 것임을 아는 탓이다.

　또한 이들은 카이론이 오기 전에 이미 모든 준비를 완료하고 있었고, 군단에서 명이 떨어짐과 동시에 이곳에 도착해 특전여단 부대 주변 지형을 철저하게 분석하고 특전여단원들의 무력을 확인하고 있었다.

　저들은 스스로 최강의 전력이며 그 누가 와도 반드시 승리하리라는 자신감을 가지고 있다. 하지만 그것은 그들과 대항군의 실력이 비등하고 서로에 대한 정보가 비슷할 때나 가능한 일이다.

　전력은 어떠할지 모르나 정보에 있어서 한발 앞선 카이론의 전대를 당해내기에는 조금 무리가 있었다. 그리고 사실 전력 면에서도 일반 병력이 주를 이룬 전대였지만 전원 부사관 이상의 실력자들이 모인 특전여단의 전대와 비견해도 결코 뒤지지 않았다.

아니, 오히려 그들을 앞설지도 몰랐다. 그들은 이미 카이론에 의해 지긋지긋한 유격훈련 전 과정을 거쳤으며, 불과 몇 달 전까지 작전에 투입되어 죽음과 매우 친숙해 있었다.

훈련과 생존. 훈련보다는 생존이 오히려 더욱 사람을 강건하게 만든다고 할 수 있다. 그러한 면에서 특전사의 전대들은 이미 작전에 나선 지 반년 가까이 지났기에 그러한 면에선 이들의 상대가 되지 않았다.

"2전대는 1팀이, 3전대는 2팀이, 4전대는 3팀이 맡는다. 1전대는 나와 키튼 상사, 그리고 4팀이 맡는다."

특전여단은 전대, 팀, 조로 나눠진다. 기본적으로 한 개 전대는 중대 병력이다. 그러니 자연스럽게 소대가 팀이 되고, 팀은 다시 조로 나눠지는 것이다. 한 개 전대에 4개의 팀과 16개의 조가 있는 셈이다.

그 누구도 반대하지 않았다. 오히려 그것을 당연하다 여겼다. 적이 아무리 대단한 특전여단의 전대라고는 하나 결코 카이론과 키튼 상사를 당해낼 수는 없음을 알고 있다. 신뢰와 확신으로 말이다.

"일거에 칩니까?"

바이에른 대위가 물었다.

"알아서 하도록."

카이론의 말에 모두들 어둠 속에서 흰 이를 드러내며 웃었다. 확실한 자신감이 있었다. 그 어떤 적을 마주하고도 절대 지지 않으리라는 자신감이다.

"각자 위치로!"

카이론의 무덤덤한 말에 1전대들은 팀장들이 이끄는 곳으로 신속하고 은밀하게 움직였다. 마치 그들은 지금 이 어둠과 한 몸이 된 것 같았다. 사방으로 흩어지는 전대원들을 말없이 지켜보는 카이론과 마하리쉬 4팀장.

그들의 모습이 완전히 사라지자 그제야 입을 열었다.

"우리도 움직이지."

하지만 카이론과 키튼 상사, 그리고 마하리쉬 4팀장이 이끄는 4팀은 그리 빠르게 움직이지 않았다. 아주 여유로웠다. 마치 산책이라도 나온 듯하다. 그러다 카이론은 거대한 나무 아래 멈춰 섰다.

투훅!

카이론은 가볍게 발로 대지를 찼다. 그와 함께 쏜살처럼 튕겨져 수직으로 솟아올랐다. 키튼 상사는 말없이 그런 카이론의 모습을 보더니 이내 시선을 거두고 주변을 살폈다. 멀지 않은 곳에 눈에 은신하기에 적당한 장소가 눈에 띄었다.

키튼 상사가 어둠 속으로 사라졌다. 그에 마하리쉬 4팀장의 눈이 빛났고, 몇 번의 수화로 병력을 배치시켰다. 카이론은 아름드리나무 꼭대기에서 망원 스코프에 눈을 가져다 대고 있었다.

어둠 속에서 움직이는 1팀의 모습이 눈에 들어왔고, 아직은 본격적인 훈련에 돌입하지 않은 까닭에 여유로움을 잃지 않은 전대원들의 모습이 눈에 들어왔다.

하지만 훈련에 돌입한다면 그들은 달라질 것이다. 포효하는 오거처럼 난폭하게, 혹은 샤벨 타이거처럼 은밀하게 말이다.

카이론은 기다렸다.

자신에게 이 KXM109가 있는 한 적은 자신을 절대 이길 수 없었다. 더군다나 이런 은밀한 작전에서는 말이다. 이미 탄창은 일반적인 살상용 마법탄이 아닌 색소가 들어 있는 훈련용 마법탄으로 교체되어 있다.

그리고 시간은 물 흐르듯 흘러 어느덧 카플루스 자작이 말한 저녁 8시가 되었다. 그 시각을 기점으로 제6특전여단의 네 개 전대는 즉각 훈련 상황에 돌입했고, 신속하게 각 방어 지점으로 배치되었다.

6군단의 최고 무력이라 자부할 만한 신속한 움직임이었다.

그들은 훈련 상황이라고는 하지만 방심하지 않았다. 샤벨 타이거처럼 은밀하고 노련했으며 신속했다. 일순간에 6특전여단이 위치한 주변으로 적막이 감돌았다.

"갑자기 훈련 상황이라니, 이거 참."

"매번 하는 건데, 뭐. 그런데 궁금하긴 하네. 대체 어떤 정신 빠진 놈이 우리 특전여단을 상대로 대항군을 하려 했는지 말이지."

한 시간이 지나고 두 시간이 지나도 대항군이 전혀 움직일 기미가 보이지 않자 슬슬 지루함을 느낀 두 사람이 소곤거리며 잡담을 나누기 시작했다.

기실 6특전여단은 1군 사령부 내에서 훈련이 독하기로 유명했다. 거기에 이런 침투와 방어 작전에 있어서 대항군으로 나서서 잡히면 실제 적에게 잡히는 것처럼 고문당하고 취조당하기에 최근 들어서는 대항군으로 나서는 것을 피하고 있는 실정이었다.

그런데 대항군으로 나선 부대가 있다니 오히려 그동안 휴전이니 뭐니 하며 작전이 없던 6특전여단의 전대원들은 쌓였던 무언가를 풀어낼 대상이 필요했다. 그런데 대항군이 침입한다니 이 얼마나 환영할 만한 일인가?

"하룻밤이라며? 조금 아쉽네."

"뭐, 이 기회에 막힌 것 좀 뚫어봐야지."

"큭, 어떤 놈인지 걸리기만 해봐라."

들릴 듯 말듯 속삭이는 두 사람. 그들은 계급장이 없었다. 훈련 중이기에 계급장을 모두 제거하고 얼굴에는 마법 물감으로 갈색과 녹색, 그리고 검은색으로 번갈아 빼곡하게 칠했으며 몸은 나뭇가지와 풀로 위장한 상태였다.

벌건 대낮에도 제대로 구분하기 힘들 정도의 그들인데 하물며 이런 야심함 밤에는 지척거리에 있어도 그들을 쉽게 발견할 수 없었다. 때문에 특전여단을 상대로 일반 부대가 대항군으로 침투한다는 것은 상당히 요원한 일이었다.

이런 뛰어난 위장술도 특전여단의 명성에 한몫을 톡톡히 했지만 그것보다 더 일반 부대와 구분 짓게 하는 것은 바로 구성원이었다.

행정 병력과 지휘관을 제외한 특전여단의 모든 구성원은 모두 부사관으로 구성되어 있었다.

전문적이고 뛰어난 실력을 지닌 자들만이 특전여단에 합류할 수 있다는 것이다. 때문에 특전여단으로 차출된 이들은 자신이 특전인이라는 대단한 자부심을 가지고 있었다.

그러한 그들이기에 작전 중에 이런 여유를 부리고 있는 것이다. 그들은 아직 대항군에 대해서 잘 모르고 있었다. 그저 통상적인 대항군 훈련의 하나일 뿐이었으니까 말이다.

그때였다.

핏!

무언가 레더 메일을 툭 치는 듯한 느낌이 들었다. 거의 동시라 할 정도로 빠른 속도였다. 그들은 순간 대화를 멈추고 멍한 표정이 되어 서로의 가슴을 바라보았다.

"너……?"

"언제……?"

그들의 가슴, 목, 옆구리에는 마법탄이 터지고 그어지며 온통 흰색으로 물들어 있었다. 죽은 것이다. 죽은 자는 이제 아무런 말도 할 수 없었다. 그들은 그 자리에 그대로 주저앉았다. 앞으로 훈련이 종료되는 시간까지 이들은 그 누구와도 대화할 수 없었다.

그들의 얼굴은 일그러질 대로 일그러져 있다. 어이가 없었다. 훈련이 시작되고 고작 두어 시간 만에 자신들은 목숨을 잃은 것이다. 지극히 짧은 시간이다. 그 와중에도 자신들은 결코 경계를 늦추지 않았다.

그러함에도 불구하고 자신들은 대항군의 접근을 알아차리지 못하고 세 군데에 치명상을 입고 죽은 목숨이 된 것이다. 그들이 정신을 차리고 저항군을 찾았을 때는 저항군은 이미 보이지 않았다.

'빠르다.'

'일반적인 대항군이 아니다.'

그들은 즉각 알 수 있었다. 하지만 그것을 알았음에도 누구에게도 전달할 수 없었다. 자신들은 이미 시체이니까. 그리고 그것은 시작에 불과했다. 각기 네 방향에서 거의 동시에 이루어진 기습.

부스럭!

부스럭거림에 조심스럽게 소리 나는 쪽을 향하던 두 명의 하사와 중사. 그때 그들이 입이 동시에 막혔다. 그리고 그들의 울대, 가슴, 복부가 연속적으로 타격당했다. 그와 함께 흰색의 마법탄이 터지며 정확히 세 곳에 흔적을 남겼다.

"3선 매복 21지점 제거 완료."

나직하게 웅얼거리듯 말하던 대항군은 이내 자취를 감췄다. 두 부사관은 아무런 말도 할 수 없었다. 순식간에 일어난 일이다. 불과 몇 초 만에 말이다. 그들은 아직도 정신을 못 차리고 어안이 벙벙한 그대로 누워 있을 뿐이었다.

얼마나 은밀한 기습이었는지, 이후 밀어내기식 경계 구역 이동 시간이 되었을 때에야 각 전대장과 팀장들은 자신들이 공격 받고 있다는 것을 깨달을 수 있었다. 그리고 이미 한 개 팀이 전멸당했다는 것을 말이다.

"허어~"

한 개 팀이 전멸당했다는 것은 주둔지를 중심으로 3선이 완전히 무너졌다는 것을 의미한다. 단 한 시간 만에 3선이 무너진 것이다.

할 말이 없었다. 어떠한 낌새도 느끼지 못했다. 여타의 대항군과는 비교할 수조차 없을 정도로 빨랐다.

"침투한 대항군 규모가 어떻게 된다고 했지?"

"1개 중대 규모라고 했습니다."

"……."

해밀턴 1전대장은 말문을 닫고 잔뜩 인상을 찌푸렸다. 한 개 팀이 전멸당했다. 한 개 팀이면 40명. 문제는 한 개 팀이 전멸당한 것이 아니라 그 시간 동안 대항군의 움직임을 전혀 감지하지 못했다는 것이다.

까딱!

해밀턴 1전대장이 손가락을 까딱하자 브랜든 필립스 부전 대장이 그에게 가까이 다가가 귀를 기울였다. 그에게 무언가 신중하게 귓속말을 하는 해밀턴 1전대장. 그에 필립스 부전 대장의 눈이 커졌다.

"하지만……."

"모르겠나? 우리는 반드시 이겨야 해."

"그… 알겠습니다. 즉시 전달하겠습니다."

이번 훈련은 반드시 이겨야만 했다. 자존심이 달린 문제였 다. 물론 자신들이 진다면 주도권은 신임 여단장에게 넘어간 다. 하지만 그전에 일반 병과의 병력을 상대로 특전여단이 진 다는 것을 인정할 수 없었다.

목적을 위해서라면 암묵적인 수단을 통해서라도 반드시 성취해야만 했다. 그것이 특전인의 자세이다. 비록 올바른 행 동은 아니지만 달라질 것은 없었다.

이긴다고 해도 본전인 훈련 상황이다.

하지만 이기고 본전인 것과 지고서 변명을 늘어놓는 것은 차이가 있었다. 이기면 본전이어도 자존심은 지킬 수 있으나 지면 자존심이니 뭐니 다 필요 없었다. 그야말로 죽은 것이다. 그것을 너무나도 잘 아는 해밀턴 1전대장은 조금 무리한 수를 쓸 수밖에 없었다. 그리고 필립스 부전대장에 의해 해밀턴 1전대장의 작전은 각 전대로 빠르게 전달되었다.

"흐음, 그렇단 말이지?"

트리아스 2전대장은 곧바로 해밀턴 1전대장의 의도를 꿰뚫을 수 있었다. 하루 이틀 그와 지내온 것도 아니고 무려 10년 이상을 이 특전여단에 머문 자신들이고 보면 지금의 훈련 상황이 무엇을 의미하는지 충분히 인지할 수 있기 때문이다.

"전대원들에게 그대로 전달한다."

"명!"

그렇게 각 전대에 해밀턴 1전대장의 명령이 전달된 후 대항군의 움직임은 없었다. 마치 지금의 상황을 예측하기라도 한 듯이 한 번 헤집어놓고 종적을 감추었다. 이에 오히려 몸을 단 것은 특전여단의 각 전대원들이었다.

그리고 답답함을 참지 못한 4전대장 라자르 안젤레프 중령이 병력을 움직였다. 제4전대를 담당한 자는 3팀 팀장인 카르타고 대위였다. 어둠 속에서 카르타고 대위는 흰 이를 드러내며 웃었다.

방어하려는 자가 움직였다. 이것은 무엇을 의미하는가? 화가 났다는 것이다. 대항군의 모습은 보지도 못했는데 160명의 전대원 중 한 개 팀 40명이 당했다는 것에 자존심이 상한 것이다.

그것도 부사관도 아닌 일반 병사들에 의해서 말이다. 물론 그들이 다른 부대의 특전여단일 수도 있고 아닐 수도 있다. 그런데 그들이 일반 병사라고 단정한 이유는 특전여단라는 것이 자존심이 상당해서 웬만해서는 절대 안 움직이기 때문이다.

그것도 공식적인 작전도 아닌 비공식적인 테스트용으로 사용되는 것을 지극히 싫어했다. 신임 여단장이 자신들을 시험하는 것도 자존심 상할 일인데 자신의 직속상관도 아닌 자의 부탁을 들어줄 리가 만무하기 때문이다.

그래서 본때를 보여주기 위해서 직접 움직였다. 그것도 이미 죽은 것으로 판정이 난 사십 명의 팀원도 함께 말이다. 온전하게 160명을 채운 한 개 전대가 이루어진 순간이다. 하지만 카르타고 대위는 개의치 않았다.

오히려 지금의 상황을 더 반겼다. 한데 뭉쳐 있고 움직이지 않았다면 조금 더 상황이 어려워질 뻔했는데 알아서 기어 나오니 오히려 더 좋지 않은가? 순간 카르타고 중위는 손을 머리 위로 올려 빙글빙글 돌렸다.

그리고 그 손동작을 얼마 거리에 있지 않는 조장이 보고 똑같은 동작을 반복했다. 그렇게 전 팀에게 카르타고 대위의 수신호가 전달되었다. 그에 팀원들은 은밀하게 움직이며 서서히 간격을 넓혔다.

제4전대를 중심으로 넓게 포위하는 형국. 그들은 은밀하게 움직인다고 움직였으나 이미 3팀에 의해 철저하게 포위된 상태가 된 것이다. 그들은 자만하고 있었다. 이곳을 자신의 손바닥 보듯이 알고 있다고 생각한 것이다.

갑자기 땅이 푹 꺼졌다.

"헙!"

급히 숨을 들이쉬는 소리가 들려왔다. 하지만 더 이상은 없었다. 어느새 제4전대 소속 하사의 목, 가슴, 복부에는 흰색의 마법탄이 아로새겨진 이후였다. 하사는 자신의 전신을 압박하던 힘이 사라지자 곧바로 자리에서 일어나 사방을 훑어보았지만 자신의 키보다 높은 함정을 제외하고는 아무것도 보이지 않았다.

그런 그의 귓가에 방금 전 자신이 질러댄 다급한 헛바람이 몇 차례 더 들려왔다. 아마도 자신을 중심으로 전후좌우의 모든 전대원이 당한 것 같았다. 그에 하사는 포기한 듯 자리에 그대로 주저앉았다.

아무리 자신들이 죽음의 표식을 무시하고 움직이고 있다지만 자존심이 있었다. 차마 소리쳐 상대방의 위치를 알려주고 싶지는 않았다. 이미 소수의 대항군을 맞이해 편법을 쓴 것도 자존심 상하는 일이다.

촤하아악!

한 명의 전대원이 비명도 지르지 못하고 한 발이 나무 넝쿨에 걸려 빠르게 솟아올랐다.

투두둑!

여지없이 흰색 마법탄이 터졌다. 중사는 발버둥 쳤다. 곧바로 정강이 부분과 등 뒤에 준비해 뒀던 보조 무기를 찾았으나 그의 손에 걸리는 것은 없었다.

"끄응!"

앓는 소리를 내며 몸부림을 멈췄을 때 그의 눈앞에 자신의 보조 무기 네 개가 반짝이는 것을 볼 수 있었다. 어느새 자신의 목과 등, 그리고 옆구리에 흰색 마법탄을 새기면서도 자신의 보조 무기를 빼돌린 것이다.

중사의 눈이 검은색과 녹색, 그리고 갈색으로 얼굴을 위장한 자의 눈과 마주쳤다. 무심했다. 중사의 눈이 계급장을 찾았다. 하지만 이미 그것을 예상이라도 했다는 듯이 계급장마저 완벽하게 위장을 마친 상태였다.

중사와 눈이 마주친 상대는 네 자루의 보조 무기를 중사의 머리 아래에 놓아두고 다시 움직였다. 그런데 그 모습이 어찌나 신속하고 은밀한지 보고 있는 중사마저도 눈을 휘둥그레 뜨고 감탄할 정도이다.

그렇게 제4전대의 전대원들은 한 명 두 명 전투 불능의 상태로 무장 해제되고 있었다.

안젤레프 4전대장은 은밀하게 이동하는 와중에 자꾸 불안감에 젖어들었다. 주변이 너무나도 조용했다.

일정 간격으로 들려와야 할 전대원들의 신호음이 전해져 오지 않았다. 순간 안젤레프 4전대장은 이맛살을 찌푸렸다.

'설마……'

그럴 리 없다는 듯이 고개를 절레절레 저었지만 자꾸만 그 설마 하는 비중이 점점 높아지고 있다. 그때 그는 전면에 무언가 있다는 것을 느끼고 멈춰 서서 주의 깊게 전면을 바라보았다.

어둠 속에서는 한곳을 절대 10초 이상 바라보지 말아야 한다. 왜냐하면 10초 이상 주시할 경우 어둠의 그림자는 자신이 상상하는 괴물이 되기 때문이다.

그것을 아는 제4전대장은 수시로 눈을 움직이며 전면을 살폈다.

"누구냐!"

마침내 입을 여는 제4전대장. 답이 없을 것 같았다. 하지만 어둠 속의 그림자에서는 담담한 목소리가 흘러나왔다.

"6특전사령부 제5전대 3팀. 현재 훈련 상황에 대한 대항군의 임무를 수행 중인 해머슨 카르타고 대위입니다."

의외로 자신의 소속을 밝히는 카르타고 중위, 아니, 대위였다. 그렇다. 이미 카이론은 중령으로 발령이 났고, 각 소대장은 중위에서 대위로 진급했다. 또한 1중대의 전 병력은 하사로 진급했으며 그전 부사관들은 1계급 특진한 상태였다.

하지만 그것을 알 리 없는 안젤레프 4전대장은 코웃음을 쳤다.

"흥! 웃기는 소리. 6특전사는 오로지 네 개의 전대만 존재할 뿐이다."

"항명으로 받아들여도 됩니까?"

항명이라는 말에 얼굴이 푸들푸들 떨리는 안젤레프 4전대장이다. 하긴 위에서 이미 정해진 사항이다. 자신이 아니라 해도 이미 정해진 일이 번복될 리는 없었다. 그것을 알기에 그는 어금니를 갈아붙였다.

"빠드득! 나를 이긴다면 인정해 주지."

"그럴 줄 알았습니다."

카르타고 대위는 시원스럽게 웃으며 이베리안 글라디우스

를 역으로 쥐며 전투태세를 갖추었다. 그에 제4전대장 역시 롱소드와 함께 라운드 실드를 들어 전면을 가렸다.

라운드 실드를 앞세워 전면을 가림으로써 변칙적으로 공격할 수 있는 이점이 존재했다. 그것을 충분히 살린 안젤레프 4전대장이다. 그리고 특전여단의 4전대장쯤 되면 실력 면에서 이미 일반 동급 전투부대 장교의 실력을 훌쩍 뛰어넘는다.

그리고 그것을 증명이라도 하듯이 안젤레프 4전대장의 검과 방패에는 주황색의 오러 포스가 실려 있었다. 첫 격돌에서부터 오러 포스를 사용한다는 것은 이번 전투를 길게 끌 생각이 없다는 것을 의미한다.

사실 안젤레프 4전대장은 조금 불안했다. 주변이 너무도 조용했기 때문이다. 이런 적막 속에서 음성은 수백 미터까지 전달된다. 그런데 자신이 이끄는 전대원 중 그 누구도 반응하지 않고 있었다.

"차하앗!"

그런 불안감을 떨쳐 버리기라도 하듯이 안젤레프 4전대장은 득달같이 카르타고 대위를 향해 쇄도해 들었다. 카르타고 대위는 결코 어리석지 않았다. 또한 자신이 실력이 안젤레프 4전대장만큼 뛰어나지 않다는 것도 알고 있다.

하지만 자신은 그 괴물 같은 중대장, 아니, 이제는 전대장에게 수없이 많은 담금질을 당한 상황이다. 오러 스트림으로 오러 포스를 어떻게 다뤄야 할지 충분한 훈련을 받은 카르타고 대위였다.

치이이잉!

그것을 증명이라도 하듯이 카르타고 대위는 자신의 이베리안 글라디우스를 기묘하게 빗겨들어 오러 포스가 시전된 안젤레프 4전대장의 격격을 흘려보냈다. 아무리 오러 포스라고는 하지만 정확하게 맞지 않는다면 소용없다.

오른손으로 흘리고 왼손의 이베리안 글라디우스로 슬쩍 찔러들어 갔다. 안젤레프 4전대장은 화들짝 놀라며 급하게 방패를 들어 카르타고 대위의 검격을 막아냈다.

콰아앙!

슬쩍 찔러들어 온 것 같은데 방패를 통해 팔 전체에 전해져 오는 충격은 실로 대단했다. 그에 상대의 실력이 절대 자신의 아래가 아님을 느낀 안젤레프 4전대장은 입술을 깨물었다. 자신이 오러 포스를 시전하고 있음에도 불구하고 상대는 마나를 검에 싣지 않고 있었다.

장기전엔 자신이 불리하다는 것을 의미했다. 그에 안젤레프 4전대장은 처음의 얕보던 생각을 접고 전력을 다해 상대를 제압하려 했다. 그리고 그 시간 모든 전대는 안젤레프 4전대장과 다르지 않은 상황을 맞이하고 있었다.

안젤레프 4전대장이 방어진을 빠져나가는 순간 모든 방어 작전은 무효화되어 버렸고, 상대를 알지 못한 이들은 처참하게 깨져 나가기 시작했다. 특히 제1전대장의 놀람은 극에 달할 수밖에 없었다.

지금 그의 앞에 있는 대항군은 단 두 명에 불과했으니까 말이다. 한 개 중대도 아니고 한 개 소대도 아닌, 단 두 명에 의해 6특전여단 중 최강이라 일컬어지는 1전대가 완전히 무너져 내렸다.

해밀턴 1전대장은 안력을 돋워 어둠 속을 꿰뚫어 보았다. 두 명만 존재하는 것이 아니었다. 적어도 한 개 팀이 자신의 주변을 포위하고 있었다. 어둠 속에는 함정이 있었고, 발이 넝쿨에 묶여 공중에 걸린 자도 있었으며, 나무 둥치에 꽁꽁 묶여 있는 부하도 보였다. 믿을 수 없었다.

"누군가?"

"6특전여단 제5전대 전대장 카이론 에라쿠르네스 중령입니다."

"6특전여단 제5전대 선임상사 키튼입니다."

"둘뿐인가?"

"6특전여단 제5전대 4팀장 라마나 마하리쉬 대위입니다."

해밀턴 1전대장의 말에 어둠 속에서 모습을 감춘 채 또 하나의 음성이 들려왔다. 그에 해밀턴 1전대장은 어금니를 꽉 깨물었다. 도저히 있을 수 없는 일이 일어났기 때문이다. 부전대장은 중급의 실력자이고,. 네 명의 팀장은 하급, 열여섯 명의 조장은 익스퍼트에 들지는 않았지만 단일 무력으로 그 익스퍼트조차 상대하기 쉽지 않은 자들이다.

그런데 그들은 반항한 흔적조차 없이 기절해 있었다. 심지어 자신과 얼마 떨어져 있지 않은 부전대장조차 편안한 표정으로 쓰러져 있는 것을 보자 헛웃음조차 나오지 않았다. 이런 식으로 160명에 이르는 모든 전대원이 당한 것이다.

단 두 명에 의해 말이다.

"……."

해밀턴 1전대장은 말없이 카이론을 쏘아보았다. 그러다 침중한 목소리로 입을 열었다.

"5전대장이 피를 마시는 자를 죽인 건가?"

"아마도."

"그럼 자격은 있군."

그렇게 말하면서 할베르트(핼버드)를 비스듬하게 꼬나 쥐었다.

"누구부터 올 텐가?"

해밀턴 1전대장의 말에 카이론이 앞으로 나섰다. 그에 그제야 카이론을 자세히 살피는 해밀턴 1전대장이다. 기실 해밀턴 1전대장 역시 작지 않은 키다. 189㎝이니 오히려 큰 편에 속한다고 할 수 있다.

그런데 앞에 보이는 자에 비하면 왜소해 보일 정도이다. 2m는 가뿐하게 넘을 듯한 장대한 체구를 지니고 있기 때문이다. 그런 카이론의 체구를 보던 해밀턴 1전대장의 시선이 카이론의 얼굴에 다다라서는 믿을 수 없다는 듯이 흔들렸다.

그도 그럴 것이 너무도 앳돼 보였기 때문이다.

'어떻게……'

그랬다. 많이 봐줘야 스무 살 정도? 그런데 자신을 압도할 만한 이 강력한 기세와 함께 벌써 중령이라는 계급에 올랐다. 뒷배가 있거나 실력이 출중하다는 말이다. 하지만 뒷배가 있다고 하기에는 너무나 당당했다.

'보면 알겠지.'

꾸욱!

전신을 압박하는 긴장감. 그 순간 해밀턴 1전대장의 입가가 살짝 비틀렸다. 실로 오랜만에 느껴보는 압박감이기 때문이다.

"오게."

"가겠습니다."

츄우웃!

카이론의 신형이 움직였다. 10m의 간격을 단숨에 뛰어넘었다. 잠깐 당황한 헤밀턴 1전대장은 미미하게 고개를 끄덕이며 할베르트의 중단을 잡아 그어 올렸다. 카이론은 달려드는 속도를 늦추지 않은 상태에서 언월도를 슬쩍 비틀어 도면으로 할베르트의 공격을 흘렸다.

해밀턴 1전대장의 신형이 휘돌았다. 어느새 버트(butt, 손잡이 끈)의 뾰족한 부분이 카이론의 심장을 향해 쏘아져 들어오고 있었다. 카이론은 살짝 어깨를 틀어 할베르트의 버트를 피해내며 손가락으로 가볍게 할베르트의 손잡이 부분을 두드렸다.

티디디딩~

할베르트 손잡이가 부르르 떨며 그 진동이 해밀턴 1전대장의 손아귀에 전해졌다. 해밀턴 1전대장은 하마터면 할베르트를 놓칠 뻔했다. 가벼운 동작임에 가볍게 여겼건만 손아귀에 전해지는 충격은 대단했기 때문이다.

해밀턴 1전대장은 급하게 스텝을 밟으며 뒤로 물러났다. 하지만 카이론은 마치 그와 끈으로 연결된 듯 그에게 접근하고 있었다. 그때 해밀턴 1전대장은 왼발을 축으로 오른발로 돌려차기를 구사했다.

수평에서 수직으로 공격을 전환시킨 것이다. 보통 이런 수라면 그대로 오른발 돌려차기에 직격당하기 일쑤이다. 하나 카이론은 팔을 비스듬히 들어 돌려차기를 막아내는 동시에 해밀턴 1전대장의 오른발을 밀었다.

휘청.

중심이 흐트러진 해밀턴 1전대장. 그 순간을 놓치지 않고 해밀턴 1전대장의 품을 파고든 카이론은 언월도를 등 뒤로 수납함과 함께 해밀턴 1전대장의 팔을 잡고 레더 메일의 가슴 부분을 잡아 그대로 업어치기를 했다.

　쿠와아악! 쿠우웅!

　"커어~"

　땅에 등이 부딪친 해밀턴 1전대장은 답답한 신음을 토해냈다. 등에 전해지는 충격에 오장육부가 제자리를 이탈하는 것 같았다. 하지만 해밀턴 1전대장은 그대로 누워 있지 않고 빠르게 자리를 털고 일어섰다.

　그는 일어섬과 동시에 주먹을 상대의 얼굴에 내질렀다. 상대가 무기를 들지 않았으니 자신도 무기를 들지 않은 것이다. 그것이 정당함이니까 말이다. 아니, 어쩌면 호기일 수도 있었다. 오랜만에 느끼는 호기이다.

　툭!

　하지만 맥없이 방향을 잃고 마는 해밀턴 1전대장의 주먹. 하지만 해밀턴 1전대장은 실망하지 않았다. 손은 하나가 아니니까. 손, 발, 무릎, 팔꿈치, 발뒤꿈치 등 사용할 수 있는 모든 것을 이용해 카이론을 공격해 들어갔다.

　파바바박!

　"큽"

눈에 보이지도 않을 속도로 공방을 주고받더니 답답한 신음성을 토해내며 뒤로 밀리는 이가 있었으니 역시나 해밀턴 1전대장이었다. 그의 얼굴에는 당혹한 표정이 역력했지만 그렇다고 무서워하는 것은 아니었다.

아니, 오히려 자신의 모든 것을 마음껏 펼칠 수 있는 상대가 있다는 것이 묘한 흥분을 느끼는 듯했다. 해밀턴 1전대장은 기묘하게 입술을 비틀며 가볍게 쥐었던 주먹을 털었다.

탁!

해밀턴 1전대장은 나무를 발로 앞으로 빠르게 치달리면서 전신을 회전시키기 시작했다. 마치 태권도의 560도 회전 발차기처럼 말이다. 그리고 그의 그런 과감한 발차기는 성공한 것처럼 보였다.

그의 발에 분명 묵직한 감각이 걸려들었다. 그에 해밀턴 1전대장은 의미심장한 웃음을 지어 보였다. 손보다 무려 세 배의 파괴력을 내는 발차기 공격이었다. 거기에 한 바퀴 반이 넘어가는 회전력을 보탠다면 대체 어느 정도의 충격량이 전해질 것인가?

틀림없이 자신이 이겼을 것이라 확신했다. 그래서 기다렸다. 그런데 느낌이 이상했다. 거구의 상대는 여전히 그대로 서 있었다. 자신의 발은 정확하게 상대의 목덜미를 강타했다. 그런데 상대의 목과 자신의 발 사이에 무언가가 보였다.

바로 상대의 두툼한 손바닥이었다. 그것도 한 손이었으며, 공간마저 떨어져 있었다.

'실패?'

하는 생각이 드는 순간 해밀턴 1전대장은 복부에서 극심한 통증이 느껴졌다.

<u>스르르르.</u>

그대로 뒤로 넘어가는 해밀턴 1전대장이다.

털썩!

"후우우욱! 쿠후우욱!"

그는 거칠게 숨을 들이쉬었다. 카이론은 그런 해밀턴 1전대장을 무심하게 지켜보았다. 해밀턴 1전대장은 이를 악물며 복부를 부여잡고 일어나려 했다. 하지만 일어날 수 없었다. 대신 그의 입에서 흘러나오는 처절한 소리가 있었다.

"우웨에에엑!"

그는 지금 이 순간이 악몽 같았다. 그는 한참 동안이나 배 속에 있는 내용물을 확인해야만 했다. 거의 10분이 지나서야 마치 탈진한 듯 그는 거친 숨을 내쉬었다. 하늘에는 간간이 별이 보이고 있었다.

그러다 그의 시선에 잡힌 얼굴이 있었는데 다름 아닌 바로 신임 여단장이었다.

"벌써 충분히 대화를 한 모양이군."

"……."

큰 대(大)자로 드러누워 버린 해밀턴 1전대장은 할 말이 없었다.

완벽한 패배였다. 날이 새기도 전에 완벽하게 제압당한 것이다. 해밀턴 1전대장은 힘겹게 자리에서 일어났다. 그러자 보이는 것은 가슴과 복부, 아니, 전신에 흰색의 마법탄이 잔뜩 묻은 2, 3, 4전대장이 보였다.

"허어~"

그 이상의 말을 할 수가 없었다. 감탄과 함께 당황스러움이 잔뜩 묻어나 있는 해밀턴 1전대장의 허탈한 탄성이었다.

"그만 일어나게. 복귀해야 하니."

"끄으응!"

해밀턴 1전대장은 힘겹게 몸을 일으켜 세웠다. 그 모습을 지켜보던 카플루스 자작은 말없이 몸을 돌려 휘적휘적 걸어갔다. 그 뒤를 이어 카이론이 따랐으며 제5전대 전원이 이동했다. 그러함에도 어떠한 소음도 없었다.

은밀하고 신속했다. 마치 한 몸처럼 말이다.

해밀턴 1전대장 이하 세 명의 전대장, 그리고 전대원 모두는 그저 말없이 멀리 사라져 가는 그들을 바라볼 뿐이었다.

"끄으응. 모두 당한 건가?"

"면목 없습니다."

"면목은 무슨. 나조차도 힘 한 번 써보지 못하고 드러누웠는데."

해밀턴 1전대장의 말에 다들 놀란 얼굴이 되었다. 해밀턴 1전대장은 지금 당장에라도 근위기사단의 단장이 될 수 있는 사람이었다. 그리고 그는 결코 과장하지 않았으며 남을 칭찬하는 데도 인색한 사람이었다.

그러한 그가 이 정도의 말을 했다면 그야말로 심장이 입 밖으로 튀어나올 정도로 경탄했다는 것이다. 해밀턴 1전대장은 어깨를 돌려보고 허리를 이리저리 움직여 보더니 아무렇지도 않은 듯 걸음을 옮겼다.

"가자고. 오랜만에 물건 하나 들어온 것 같은데."

그렇게 말하면서 히죽 웃는 해밀턴 1전대장이다. 기실 그는 상당히 기뻤다. 그동안 그는 제대로 된 대련이나 전투를 치른 적이 없었다. 그가 6특전사의 선임 장교임에도 불구하고 말이다.

그 이유는 바로 그가 왕국에 얼마 없는 상급의 실력자였기 때문이다. 당연한 대우라고 생각하면서도 그의 내심으로는 무언가 불만스러웠다. 끊임없이 피를 갈구하는 광전사처럼 무언가를 끊임없이 갈구하는데 채워지지 않았다.

그런데 마침내 오늘 그 채워지지 않는 허기가 채워진 느낌이 들었다. 그것도 아주 어려 보이는 전대장에 의해서 말이다. 때문에 그는 지금 살짝 흥분되어 있었다. 그것을 모르는 2, 3, 4전대장은 이전과 조금 달라진 1전대장의 태도에 고개를 갸웃거렸다.

제6장

전우란?

Warrior

6특전여단의 여단장 집무실. 그곳에 1에서부터 5전대장과 부전대장, 선임상사가 모두 모였다. 무려 15명이 한곳에 모인 것이다. 그리고 그 중앙에는 카플루스 자작이 있었다.

그리고 각 좌석에는 작전, 인사, 정보, 군수참모와 교육장교 및 정훈장교, 그리고 위생장교 등이 앉아 있다. 좌측에는 전대장이, 우측에는 참모진이 앉아 있다. 그 말석에 카이론이 배치되어 있었다.

같은 계급이라고는 하나 가장 어린 나이이고 가장 늦게 중령으로 진급한 그이기에 어쩔 수 없었다. 같은 중령이라 해서

다 같은 중령은 아니니까 말이다. 한마디로 같은 군번이라 해도 모퉁이 돌아서면 안 보이는 것이 군대 계급이다.

"2월 13일부터 동계 혹한기 전술 훈련이 있습니다."

2월 13일이면 정확히 한 달 하고도 일주일 후다. 카플루스 자작은 고개를 주억거렸다. 동계 혹한기 전술 훈련은 다른 말로 생존 훈련으로 불린다. 여름에는 혹서기, 겨울에는 혹한기라 하며 이 두 가지 전술 훈련은 전쟁 중이라 할지라도 여하한 일이 아니라면 반드시 행해졌다.

"이번 혹한기 전술 훈련에서는 군무부의 평가단이 직접 참관하여 평점을 매긴다 했습니다."

이미 작전참모가 교육 일정에 대해서 보고를 올린 상태이다. 카플루스 자작은 앞에 있는 보고서를 들여다보고 있었다.

2월 13일부터 시작하는 동계 혹한기 훈련은 1군 사령부에서가 아닌 군 최고사령관인 국왕의 명을 받아 군무부 대신의 직접 참여로 치러지며, 1, 2, 3군의 모든 특전여단이 참여하는 대규모의 전술 훈련이다.

현재 1군과 3군엔 각 다섯 개의 특전여단이 있으며, 2군에 두 개의 특전여단이 존재했다. 총 열두 개의 특전여단이 경합을 벌이는 것이다. 이유는 말하지 않아도 충분히 알 수 있었다.

휴전이 성립되면서 많은 병력, 그리고 부사관과 장교들이 빠져나갔다.

시간이 지나면 안정되겠지만 빠져나간 병력을 대신할 무언가가 필요했다. 일시에 병력이 빠져나가면 병력도 병력이지만 군 내 사기 역시 급전직하할 수 있었다. 그래서 지금 카테인 왕국의 군무부는 군 사기 및 군 기강 확립을 위해 전력을 투사하고 있었다.

그리고 그 일환의 하나로 겨울을 맞이한 혹한기 동계 훈련을 실시하는 것이다.

동계 혹한기 전술 훈련에 평가단을 파견한다는 것은 이 훈련을 통해 진급과 포상을 해 군의 사기를 증진시키고 해이해진 군 기강을 확립하겠다는 의도였다.

"본 여단장은 이번 평가에서 우승하고 싶다."

카플루스 자작이 말했다.

'이런 염병. 그게 뭐 우승하고 싶다고 해서 우승할 수 있다더냐?'

'우리가 최고인 것은 알겠다만 부임한 지 한 달 만에 우승을 욕심내는 건 좀……'

'야전 군인이 아니라 진급에 목맨 놈인가?'

순간 집무실 내에 있는 장교들과 부사관들의 얼굴이 딱딱하게 굳었다. 자신들이 최고인 것은 인정한다. 하지만 새롭게 하나의 전대가 늘었다. 그들과 호흡을 맞추기에 한 달이라는 시간은 너무 짧았다.

그리고 또 하나.

다른 특전여단은 네 개의 전대를 가지고 있고 자신들은 다섯 개의 전대이다. 특전여단의 특성상 인원이 많다고 전력이 강한 것은 아니다. 소수 정예를 표방하는 특전여단이다.

새롭게 편성된 5전대의 실력은 인정한다. 적 침투 상황을 가정한 훈련 상황에서 박살이 났으니까 말이다. 하지만 그래도 인정하지 못하는 이들이 많았다. 왜냐면 자신들이 방심해서 졌다는 생각이 그들의 뇌리에 강하게 남아 있기 때문이다.

게다가 이들은 이번에 비수 진지를 지켜낸 공으로 전원 부사관으로 임명된 병사들이다. 한마디로 자존심이 상했다. 불의의 역습으로 한 번 내주기는 했지만 자신들이 정신 차리고 일대일로 붙는다면 충분히 압도할 수 있다고 생각하는 이들이 대부분이었다.

하지만 카플루스 자작은 그럴 시간을 주지 않았다. 정신없이 몰아치고 있었다. 그런 불만을 내비추기도 어렵게 말이다. 하지만 그렇다고 불만이 쌓이지 않은 것은 아니었다. 생각을 하고 있으면 그 생각을 풀어내야만 납득하고 인정할 수 있기 때문이다.

"그래서 말이야……."

카플루스 자작이 말끝을 살짝 흐리며 장교들과 부사관들

을 긴장시켰다. 이미 카플루스 자작은 자신의 자리를 확보했다. 이기고 들어왔으니 당연히 그를 인정하지 않을 수 없다. 문제는 5전대장과 전대원들이었다.

그들이 6특전사에 완벽하게 녹아들어야 한다. 그러기 위해서는 조금 무리를 할 수밖에 없었다. 시간은 겨우 한 달밖에 없고 카플루스 자작은 아직도 시험받고 있었다. 그의 장인으로부터 말이다.

"앞으로 한 달간 특별한 훈련을 실시할까 하네."

"……."

특별한 훈련이라는 말에 전대장들과 참모들, 그리고 기타 간부진이 궁금증이 가득한 얼굴로 카플루스 자작을 바라보았다. 그때 가장 말석에 앉아 있던 카이론이 자리에서 일어나 앞으로 걸어나왔다.

그에 1전대장을 제외한 전대장들과 간부진은 얼굴을 일그러뜨렸다. 또 5전대장이다. 그들의 입장에서 5전대장은 그저 굴러온 돌일 뿐이었다. 그것도 부대장과 함께 전출 온 애송이 중 애송이다. 그들은 아직 5전대장을 온전하게 6특전여단의 전대장으로 인정하고 있지 않았다.

"5전대장입니다. 특별한 훈련을 유격훈련이라 합니다. 유격훈련은 총 세 과정으로 이루어져 있으며, 체력 과정, 산악 과정, 생존 및 정찰 과정입니다. 각 과정별로는……."

카이론은 아주 상세하게 그 과정을 설명했다. 그리고 그 설명을 듣는 이 중에 1전대장만이 놀라고 있었다.

'놀랍도록 체계적이다.'

그렇다. 특전여단 내에 특수 훈련이 없는 것은 아니었다. 하지만 지금 카이론이 설명하는 것처럼 상세하게 과정별로 구분되어지는 훈련은 없었다. 한마디로 지금 특전여단에서 행해지는 것은 그동안 꾸준히 전해져 온 훈련 방식을 하나로 묶어 만든 것뿐이다.

개인 훈련이든 단체 훈련이든 말이다. 또한 개인 훈련은 모르겠지만 단체 훈련의 경우 개인의 훈련 정도에 따라 달라지는 경우가 다반사였다. 호흡이란 오랜 시간동안 같이 함으로써 이루어지는 것이라 할 수 있다.

하지만 지금 카이론이 설명한 방법으로 훈련한다면 단시간에 전대원을 한데 묶고 체력을 증진시키며 단체든 개인이든 그 실력을 발휘하기에 충분했다.

"…이상입니다."

마침내 카이론의 설명이 끝났다. 집무실이 침묵에 젖어들었다. 사실 카이론을 인정하지 않고 있기는 하지만 지금 그가 설명한 훈련 방법이 획기적이라는 데에는 이견이 있을 수 없었다. 그래서 더 불만이었다.

"그럼 교관과 조교는 누가 한다는 것인가?"

3전대장인 그랜더슨 중령이 물었다. 뻔히 알고 있음에도 불구하고 말이다. 지금 카이론이 설명한 방법을 온전히 알고 실행할 수 있는 자는 오로지 카이론뿐이었다.

"제가 모든 것을 관리 감독합니다. 그리고 각 과정별로 첫 번째 과정은 5전대 1팀장인 엔그로스 대위가, 두 번째 과정은 5전대 2팀장인 바이에른 대위가, 세 번째 과정은 5전대 3팀장인 카르타고 대위가 담당할 것이며, 각 팀의 숙련된 부사관이 조교로 임명될 것입니다."

"……."

다시 침묵이 이어졌다. 뭔가 트집을 잡고 싶은데 잡을 트집이 없었다. 그래서 더 불편할 수밖에 없었다.

"또한 훈련 기간 동안에는 전원 계급장을 반납하며, 군단 직할 마법병단의 지원하에 마나의 사용이 엄격히 제한됩니다."

"…그게 무슨 말인가?"

발끈하며 묻는 안젤레프 4전대장이다.

"말 그대로입니다. 훈련 기간 동안에는 장교든 부사관이든 상관없이 똑같은 강도와 똑같은 대우라는 것입니다. 훈련생, 그리고 전우 그 이상도 이하도 아니라는 말입니다."

맞는 말이기는 했다. 훈련에는 장교든 부사관이든 직급이 필요 없었다. 하지만 정작 훈련에 임해서는 절대 그럴 수 없었다. 왜냐하면 모두 얼굴을 알고 계급을 알고 있기 때문이다. 이 특전여단 내에 있는 이들은 최하로 복무한 사람이 기본 5년이다.

"그런가?"

그에 그랜더슨 3전대장이 히죽 웃으며 입을 열었다. 드디어 꼬투리를 잡았다는 듯이 말이다.

"훈련 일시는 어떻게 되는가?"

"명일 8시부터 2월 10일까지입니다. 하루 훈련은 정확하게 8시간입니다."

"알겠네."

그것으로 끝이었다. 카이론은 더 이상 질문이 없자 다시 자신의 자리로 가 앉았다. 그리고 카플루스 자작은 집무실 내를 둘러보며 입을 열었다.

"이것으로 오늘 회의를 마친다. 그리고 중식 후 군수과에서 훈련복이 지급될 것이다. 각 전대는 인원을 배치시켜 군수과에서 훈련복과 제반 물품을 지급 받도록 하고, 명일 시작될 훈련에 있어 미비한 점이 없도록 철저히 준비하도록."

"명!"

회의가 끝나고 다들 여단장의 집무실을 벗어났다. 그리고 카이론은 그들과 섞이지 않고 동떨어졌는데 아직은 그들과 섞이기에는 시간이 너무 짧았다. 그런 상황에 한 명의 장교가 카이론을 향해 접근했다.

다름 아닌 해밀턴 1전대장이었다.

"자신 있나?"

"뭐가 말입니까?"

"한 달 동안의 훈련 말이네."

"지금껏 해온 훈련입니다."

기실 해밀턴 1전대장은 이 젊은 중령에게 어떠한 감정도 없었다. 물론 바로 하룻밤 전에는 그렇지 않았다. 하지만 그와 맨손 접전을 벌인 이후 완벽하게 생각을 바꿀 수밖에 없었다. 실력이 있었다. 그는 실력이 있다면 나이가 많든 적든, 혹은 경력이 많든 적든 무조건 대우를 받아야 한다고 생각했다.

그리고 지금까지 카이론은 전대장으로서, 혹은 개인적으로도 딱히 벗어난 행동을 한 적이 없었다. 한마디로 무난하게 잘 적응하고 있다는 것이다. 문제는 그가 아니라 자신을 제외한 전대장들과 전대원들의 인식이었다.

불의의 일격으로 자존심이 잔뜩 구겨진 그들이 아무렇지도 않게 훈련을 받겠느냐는 것이다. 자신의 생각으로는 절대 그럴 리가 없었다. 무슨 사달이 나든 나게 되어 있다. 그 사달은 결코 쉽게 가라앉지 않을 것이며, 쉽게 감당할 수 있을 정도의 사달은 절대 아닐 것이다.

해밀턴 1전대장의 시선과 카이론의 시선이 부딪쳤다. 날카롭게 빛나는 해밀턴 1전대장의 눈빛을 받고도 전혀 위축됨이 없다. 해밀턴 1전대장은 그럴 줄 알았다는 듯 고개를 끄덕였다.

"훈련이 기대되는군."

"훈련이 끝나는 날 제6특전여단은 새롭게 태어나게 될 것입니다."

카이론의 자신감 넘치는 대답에 해밀턴 1전대장은 어색한 웃음을 떠올렸다. 마치 초급 장교의 패기를 보는 것 같아 기분이 좋았던 탓이다. 초급 장교 시절 자신 역시 이러했다. 모든 것을 이겨낼 수 있었고, 안 되는 일이 없었다.

불의를 보면 참지 못했고 상대가 귀족이라 해도 일단 머리를 들이밀고 봤다. 그 덕분에 실력에 비해 진급이 늦은 것도 사실이다. 그런데 요즘에는 이런 패기를 보이는 초급 장교는 없었다.

물론 초급 장교 특유의 신선함은 있었지만 그뿐이었다. 신선함 그 이상도 이하도 아니었으며 몇 달 지나지 않아 닳고 닳은 장교나 부사관처럼 능글능글해지고 처세를 위해 움직였다.

그런데 이 젊은 전대장에게서 그런 초급 장교의 잃어버린 패기가 보였다. 아주 오래전에 잃어버린 패기이다. 그래서 최근 들어 별로 웃어본 적 없는 웃음이 떠올랐다. 하지만 근육이 굳어서인지 웃는 것인지 찡그리는 것인지 모호한 그의 미소였다.

"기대하지."

"고맙습니다."

그것으로 끝이었다. 말 없고 무뚝뚝한 해밀턴 1전대장이고 그러한 면에서 절대 뒤지지 않을 카이론이다 보니 더 이상 함께 있는 것 자체가 어색했다. 카이론은 신형을 돌려 걸음을 옮겼다.

그런 카이론의 등을 바라보는 해밀턴 1전대장.

'재미있군.'

재미있고 기대됐다.

"뭐가 그리 기분 좋으십니까?"

그러한 그의 곁으로 세 명의 전대장이 다가왔다. 집무실을 나섰음에도 보이지 않자 전대 막사로 돌아가기 전 그를 찾은 것이다.

"재미있지 않은가? 초급 장교에게서도 보이지 않는 패기를 보이는 전대장이라니 말이야."

"저게 패기로 보이십니까? 저는 그냥 객기로 보입니다만."

2전대장의 말에 그를 잠시 바라본 해밀턴 1전대장은 그냥 피식 웃어버렸다.

"패기일지 객기일지는 두고 보면 알겠지."

그러면서 휘적휘적 걸어가 버리는 해밀턴 1전대장이다. 그 모습에 세 명의 전대장은 멍하니 그의 등을 바라볼 뿐이다.

"조금 달라진 것 같지 않습니까?"

"뭐가?"

"해밀턴 전대장님 말입니다."

4전대장이 물었다. 그에 2, 3전대장은 멀어져 가는 해밀턴 1전대장을 바라보다 살짝 고개를 저으며 입을 열었다.

"그럴지도."

그러면서 그들도 걸음을 옮겼다. 마지막 홀로 남은 4전대장. 그는 그저 멍하니 멀어져 가는 세 전대장을 바라보았다. 그러다 가볍게 머리를 흔들었다.

"알 수가 없구만. 어쨌든 내일 시작이란 말이지? 그럼 패기가 아닌 객기라는 것을 확실하게 보여주지."

그렇게 스스로에게 다짐하는 4전대장이다. 무슨 이유에서인지는 모르지만 4전대장은 신임 5전대장이 마음에 들지 않았다. 준 것 없이 미운 놈이다. 거기다 1전대장의 은근히 5전대장을 인정하는 것 같은 자세도 마음에 들지 않았다.

벼르고 있었는데 그 기회가 이렇게 빨리 올 줄은 몰랐다. 말은 계급에 상관없는 훈련이라고 하는데 그게 어디 쉬운가? 말도 안 되는 지침이라 할 수 있다. 사람이라면 절대 자신의 위치와 신분을 망각할 수 없었다.

챙이 긴 검은 모자와 검은색 일색의 복장을 한 카이론이 단상에 올라섰다. 그의 좌우로는 붉은색 모자와 붉은색 일색의 복장을 한 조교들이 도열해 있다. 모자의 챙이 길어서인지 카이론과 조교들의 표정을 읽을 수 없었다.

카이론이 연병장에 도열해 있는 전대원들을 훑어보았다. 마음에 들지 않았다. 그중 1전대가 가장 양호했다. 아니, 양호한 것이 아니라 한마디로 각이 잡혀 있다. 그 이유는 가장 앞에 부동자세로 서 있는 해밀턴 1전대장과 네 개의 전대 중앙에 자리 잡고 있는 여단장 때문이었다.

여단장도 예외 없이 이 훈련에 참여했다. 그것도 계급장을 떼고 훈련복을 입고 있다. 그 역시 군수과에서 불출한 훈련복과 왼쪽 가슴에 흰 바탕에 굵은 숫자로 쓰인 올빼미 번호를 달고 있었다.

'6—1000'

6특전여단 여단장의 올빼미 번호이다. 하지만 카이론은 그를 바라보지 않았다. 그보다는 그의 뒤에 서 있는 이들을 바라보고 있었다.

'6—1001'

6특전여단 1전대 첫 번째 올빼미라는 표식이다. 카이론은 고개를 끄덕였다. 여단장과 선임 전대장인 1전대장이 그렇게 나오니 2, 3전대의 전대장 및 전대원은 그에 맞출 수밖에 없었다. 마음에 들지는 않지만 그것이 옳았기에 따랐다.

그러함에도 불구하고 4전대는 달랐다. 전대장 이하 전대원 모두가 부동자세는커녕 짝다리에 오와 열을 섞어 잡담을 하고 있다. 카이론의 시선이 그곳으로 향했다. 그러한 카이론을 바라보며 흰 이를 드러내며 웃는 안젤레프 4전대장이다.

카이론은 단상에서 내려와 4전대가 있는 곳으로 걸어갔다. 그가 걸어가자 붉은 물결이 그의 뒤를 따랐다. 절도 있는 동작. 모든 동작에는 각이 있었다. 2전대와 3전대의 모든 시선이 그런 카이론을 향했다. 그들의 눈동자가 가벼운 흥분으로 물들었다.

카이론이 짝다리를 하고 선 4전대장 앞에 섰다. 2미터를 가볍게 넘기는 카이론의 산만 한 덩치에서 엄청난 위압감이 뿜어져 나왔다.

"6-4001번 올빼미!"

"……."

대답이 없었다.

"6-4001번 올빼미, 대답한다."

카이론이 위에서 아래로 내려다보며 위압적으로 입을 열었다. 그에 4전대장은 주변을 휘휘 둘러본 후 자신의 코를 검지로 가리키며 말했다.

"나 말인가?"

"모르는가? 4001번 올빼미."

"올빼미? 이런 새파란 애송이가 어디서 선배한테 반말 짓거리야? 어? 뒤에 여단장이 있으니까 선배고 뭐고 눈깔에 보이는 게 없나?"

그 말에 카이론이 4전대장 앞으로 한 걸음 더 다가섰다.

"하, 새끼! 여차하면 치겠다?"

"지금은 교육 훈련 중이다. 또한 이 교육 훈련에 대한 전권을 부여받은 교관으로서……."

"그래서?"

콰악!

"뭐? 이 새끼가! 이. 이거 안 놔?"

카이론은 그대로 4전대장의 멱살을 움켜잡고 들어 올렸다. 4전대장은 설마 자신의 멱살을 잡을 줄 몰랐기에 당혹했지만 어떻게 해서든지 잡힌 멱살을 풀려 발악했다.

"4001번 올빼미 이하 전원에게 군기 교육을 시킨다."

그 말과 함께 카이론은 4전대장을 그대로 연병장의 바닥에 내리꽂았다. 그리고 그것이 시작이었다.

"눈깔아, 이 새끼들아!"

"줄 똑바로 안 서지!"

"죽고 싶으면 뭔들 못하겠냐?"

"훈련이 놀이냐, 이 씨발들아?"

빨간 모자의 전대원들이 일시에 4전대를 덮쳐들었다. 순식간이었다. 방어고 자시고 할 수조차 없었다. 4전대를 덮쳐드는 빨간 모자들은 그야말로 성난 야수들이라 할 수 있었다. 수년간 특전여단에서 훈련 받아 날고 긴다는 그 대단한 4전대를 단 몇 분 만에 완벽하게 제압하고 있었다.

몇몇 4전대원이 반항해 봤지만 소용없었다. 빨간 모자는 인정사정이 없었다. 발로 차고 주먹으로 치고 팔을 꺾고 내동댕이쳤다.

"꿇어, 이 새끼들아."

"어디서 삐딱선이야?"

그들의 드잡이는 쉽게 끝나지 않았다. 그것은 카이론 역시 다르지 않았다.

"커허억!"

등으로 전해져 오는 둔중한 충격에 답답한 소리를 내지른 4전대장.

"이런 씨발!"

그는 곧바로 일어났다.

하지만,

퍼걱!

일어나자마자 허리가 새우처럼 휘어졌다. 하지만 나가떨

어지지는 않았다. 그 스스로의 행동 때문이 아닌 그를 제압하는 하나의 손 때문이었다. 카이론은 뒤로 날려가는 4전대장의 멱살을 잡고 다시 끌어들이고 있었다.

힘없이 끌려오는 4전대장의 얼굴에 솥뚜껑만 한 카이론의 주먹이 그대로 직격했다.

콰직!

"커허어!"

핏물과 침으로 범벅된 채 끈 떨어진 연처럼 훌훌 나가떨어지는 4전대장이다. 카이론은 멀리 나가떨어진 후 충격 때문에 움찔거리고 있는 4전대장이 있는 곳으로 걸음을 옮겼다.

"4001 올빼미, 대답한다."

"이런 씨발……!"

빠아악!

4전대장은 말을 끝낼 수 없었다. 카이론의 발에 고개가 홱 돌아가며 다시 전신이 붕 떠 연병장의 한쪽으로 굴러 떨어지고 있었다. 카이론이 다시 걸음을 옮겼다. 이번에는 묻지도 않았다.

4전대장을 그대로 들어 올리며 비 오는 날 먼지가 나도록 패기 시작했다. 묻지도 않았다. 그럼에도 4전대장은 쓰러지지 않았다.

'저, 저 무식한……'

'씨, 씨발, 뭐 될 뻔했네.'

그것을 지켜보는 올빼미들의 얼굴이 시커멓게 죽어갔다. 4전대 전체가 마치 잘 다져진 고기처럼 처맞고 있다. 지금 여기에서 나선다면 항명과 다름없었다.

왜냐하면 지금 카이론은 여단장으로부터 모든 전권을 부여받고 있기 때문이고, 여단장은 올빼미 복장을 한 후 부동자세로 여전히 전면을 바라보고 있을 뿐이니까.

그리고 지금 그가 하고 있는 행동은 훈련의 일환이지 결코 악의에 의해 이루어지는 행동이 아니었다. 그들도 똑똑히 보았다. 전혀 준비되어 있지 않은 4전대를. 올빼미들은 마른침을 삼키며 느슨해진 자신들의 감각을 일깨웠다.

허리를 곧추세우고 턱을 당기며 팔꿈치를 허리에 붙였다. 손은 가볍게 말아 쥐어 허벅지의 재봉선에 두었다. 그들에게 있어 이 정도는 문제도 아니었다. 이렇게 하루 동안 서 있으라고 해도 서 있을 수 있었다.

그들의 이마에서 땀방울이 흘러내리고 있다. 그들은 흘깃흘깃 근 한 시간 내내 이뤄지고 있는 구타의 현장을 바라보고 뿐이었다. 4전대장은 물론 4전대원 모두가 한 시간 내내 두들겨 맞았다.

쉬지도 않았다.

'저, 저런 괴물들이……'

무지막지한 체력이다. 한 시간 내내 사람을 팰 수 있는 능력에 새삼 두려웠다. 특히 카이론이라는 자, 그에게 맞는 4전대장은 무언가 말을 하려 했지만 카이론은 그 말을 듣지 않았다.

그리고 4전대장은 눕지도 앉지도 못했다. 어떻게 보면 4전대장의 신형이 공중에 살짝 떠 있다는 느낌마저 들었다.

빠악!

"커허억!"

4전대장이 날아올랐다. 그와 동시에 카이론이 신형을 돌려 세웠다. 그리고 그는 먼지로 뒤범벅되어 있는 4전대 앞에 섰다.

"정렬."

크게 외치지도 않았다. 하지만 그 효과는 대단했다.

"정렬!"

"정렬하란 말이다!"

"죽고 싶으면 어기적거려라!"

후다다닥!

4전대 전원이 미친 듯이 오와 열을 맞추면서 정렬했다.

"4001번 올빼미, 위치로."

카이론의 나직한 외침에 무언가 기는 듯한 소리가 들려왔다. 어느새 정신을 차렸는지 4전대장이 기어오고 있었다.

"허억! 허억!"

퀭한 눈동자로 카이론의 앞에 도착한 4전대장.

"기상!"

"……."

말없이 일어서는 4전대장.

"복명복창 안 하나? 뒤로 누워!"

뻐억!

다시 4전대장의 눈에 불똥이 튀었다. 고개가 휙 돌아갔다. 카이론은 가차 없었다. 조금이라도 늦으면 주먹과 발이 날아갔고, 여지없이 4전대장은 휘청거리며 극한의 고통에 얼굴을 일그러뜨릴 수밖에 없었다.

"좌로 굴러!"

"좌로 굴러!"

"우로 굴러!"

"우로 굴러!"

가르쳐 주지도 않았는데 좌우로 구르면서 복명복창을 하는 4전대장이다.

"4001번 올빼미, 기상."

"기상!"

부동자세로 선 채 복명복창을 하는 4전대장. 한 시간 전의 그 당차고 뻐딱한 모습은 온데간데없었다.

"조교! 전원 위치로!"

"위치로!"

카이론이 단상에 서고 조교들이 그의 좌우로 늘어섰다. 연병장에 적막이 감돌았다. 눈동자 굴리는 소리도 들리지 않았다. 하지만 그들의 내심에는 모두 한결같은 생각이 아로새겨지고 있었다.

'독한 새끼!'

'걸리면 뼈도 못 추린다.'

그러한 올빼미들을 쓰윽 훑어보는 카이론. 그런 카이론의 시선을 받은 이들은 자신도 모르게 전신을 잘게 떨며 마른침을 삼켰다.

"올빼미들의 행동에 실망을 금치 못했다. 그에 먼저 약간의 정신교육 후 정식 훈련에 들어가겠다. 조교! 목봉 앞으로!"

"목봉 앞으로!"

복명복창 후 조교들이 흩어졌다. 그리고 이어지는 명령.

"1001번 올빼미 기준!"

"기준!"

"육열횡대 양팔 간격으로 헤쳐 모여!"

"헤쳐 모여!"

일사불란하게 헤쳐 모였다. 그리고 그 사이사이로 붉은 모자의 조교들이 목봉을 들고 왔다. 보기에도 묵직해 보이는 목봉. 올빼미들은 긴장했다. 이 거대하고 둔중해 보이는 목봉으로 무엇을 어떻게 하려는지 몰라서 말이다.

"조교 앞으로!"

"앞으로!"

하나의 목봉에 여섯 명의 조교가 붙었다.

"목봉체조 1번. 구분 동작 하나."

"하나!"

목봉을 보고 서는 붉은 모자의 조교들. 올빼미들은 불길한 느낌이 들었다.

'설마······.'

'저, 저걸······?'

'적어도 160㎏은 되어 보이는걸.'

카이론의 명령에 가져온 목봉은 6인용 목봉이 아닌 12인용 목봉이었다. 정확히 160㎏의 목봉이다. 그런 목봉을 붉은 모자의 조교들은 인상 한번 찡그리지 않고 들어 올리며 시범을 보였다.

'미, 미친······.'

그들의 생각을 아는지 모르는지 카이론은 조교들의 시범이 끝나자 곧바로 목봉체조에 돌입했다.

"허리에 봉!"

"악!"

"어깨에 봉!"

"악!"

처음엔 쉬웠다. 아직 힘이 있으니까. 꼼짝없이 한 시간 서 있는 것보다 움직이는 것이 훨씬 나아 보이기도 했다.

"두 팔 밀어 올리기 4회. 몇 회?"

"4회!"

"목소리 봐라! 7회! 몇 회?"

"7회!"

"7회 시작!"

"하나! 둘! 셋! 하나!"

그렇게 그들은 목봉체조를 시작했다. 160㎏의 목봉에는 요령이고 자시고 필요 없었다. 키가 크던 작던 사람을 미치게 만든다. 팔이 바들바들 떨리고 머리가 띵하니 울리며 허리가 끊어질 것 같은 느낌을 준다.

이를 악물면 악물수록 이빨만 상하는 목봉체조. 전우들과의 신뢰와 협동이 필수라고 하지만 마치 전신을 땅으로 박을 것 같은 목봉의 무게는 올빼미들의 정신을 혼미하게 했다.

"일곱!"

마지막 구호가 튀어나왔다.

"분명 말했다. 마지막 구호는 생략한다고. 두 팔 밀어 올리기 14회! 몇 회?"

"14회!"

"15회! 시작!"

다시 시작되는 목봉체조. 처음 해보는 목봉체조. 척추를 짓눌러 키마저 작아지게 만들 것 같은 목봉의 무게에 오만상을 찌푸릴 수밖에 없었다. 그것은 전대장이나 마나를 다루는 이들도 마찬가지였다.

지금 이 순간 그들은 마나를 사용하고 싶은 마음이 굴뚝같았다. 이를 악물고 참았다. 하지만 참는 것도 한도가 있는 법. 마침내 2001번 올빼미는 참지 못하고 아주 미세하게, 정말 벼룩의 눈곱만큼 마나를 사용했다.

"동작 그만!"

"동작 그만!"

그때 카이론의 입이 열렸다.

"분명 말했다. 마나 사용은 금지라고. 전우들은 맨몸으로 버티는데 그런 전우를 버리는가? 전원 쪼그려 앉는다. 실시!"

"실시!"

카이론의 명령에 어깨 봉을 한 채로 쪼그려 앉는 올빼미들의 얼굴엔 불만이 가득했다. 어떤 개새끼냐고 말이다. 하지만 항변할 수 없었다. 이 훈련은 분명 전우들과 신뢰와 협동을 목표로 한다 했으니 무엇이든 단체로 한다.

"목봉 머리 위로!"

"위로!"

"그 상태로 열외 조교 돌아 오리걸음 선착순. 실시!"

"실시!"

미칠 일이었다. 가만히 들고 서 있기에도 후들거리는 목봉이다. 그런데 그것을 오리걸음으로 선착순이란다. 게거품을 물 만했다. 하지만 이상하게 그런 생각을 하면 할수록 오기가 생겼다.

'씨발. 니가 이기나 내가 이기나 해보자.'

전우? 그딴 게 어디 먹는 건가? 열 받고 분통이 터져서라도 반드시 해내고야 말겠다는 생각이 들었다. 그리고 그것이 시작이었다. 그들 스스로는 전우를 생각하고 있지 않았지만 모두가 그런 생각에 반드시 해내고야 말겠다는 오기가 발동했다.

발이 맞아들고 호흡이 맞아간다. 선착순이 끝나고 160kg의 목봉에 정수리가 까져 피가 날 것 같았다. 머리 가죽이 벗겨질 것 같았다.

그 무시무시한 목봉체조에도 약간의 휴식 시간이 있었다.

바로 허리 굽히기였다. 그나마 가장 쉬운 목봉체조이다. 하지만 그것은 잠시였다. 허리가 부러질 것 같았다. 팔이 덜덜 떨려 목봉은 미끄러질 것 같았고, 이 엄동설한에 전신엔 굵은 땀방울이 흘러내리고 있다.

그렇게 목봉체조만으로 하루가 끝이 났다. 하루 교육 일정 중 단 하나도 제대로 소화하지 못하고 정신교육의 일환인 목봉체조만으로 하루가 간 것이다. 일과가 끝나고 석식을 마친 후 점호를 하고 잠자리에 들었다.

새벽 6시에 기상한다. 아직 동도 터오지 않을 새벽 6시 기상.

"끄으응!"

마나를 다루는 전대원들에게서 앓는 소리가 흘러나왔다. 내 몸이 아닌 것 같았다. 팔도 안 굽혀지고 다리는 뻑뻑했으며, 허리에 전해지는 통증이 이루 말할 수 없을 정도이다.

한마디로 성한 곳이 하나도 없었다. 마나를 사용할 수 있다면 이까짓 근육통쯤은 별 문제 아니지만 지금은 마나를 사용할 수 없었다. 몰래 마나를 사용할 수는 있었다. 하지만 웬일인지 마나를 사용하려는 순간 마치 죄를 짓는 것 같은 느낌이 들었다.

'이게 무슨······.'

당혹했다. 그 순간 1전대장은 피식 웃어버렸다. 단 하루 만에 자신의 생각이 변한 것이다. 자신의 부하를 전우라 생각했지만 진심으로 그랬는지는 모르겠다. 하지만 지금은 그들이 전우로 느껴졌다.

하지만 꼭 1전대장과 같은 긍정적인 효과만 있는 것은 아니었다. 바로 4전대장은 달랐다.

'개새끼, 내 언젠가는 반드시 이 치욕을 갚아준다.'

그는 어금니를 깨물었다. 힘이 없어 고개를 숙이고는 있지만 이런 날이 언제까지 계속되리란 법은 없다. 일단은 현재에 집중할 수밖에 없었다. 그러다 문득 4전대장은 아주 잠깐 전신을 부르르 떨었다.

어제 연병장에서 있던 일이 생각났기 때문이다. 지독하게 치욕스럽고 공포스러웠다. 하지만 공포보다는 치욕스러움이 더 강했다. 전신을 가늘게 떠는 순간에도 그는 독한 눈빛을 빛냈다.

새벽 점호 후 10㎞ 구보를 한다. 이것은 별다를 것이 없다. 언제나 하는 것이니까. 그제야 근육이 좀 풀렸는지 잔뜩 인상 쓰고 피곤함을 드러내던 전대원들의 인상이 살짝 펴졌다. 식사 후 그들은 의무적으로 화장실을 가야만 했다.

훈련 도중 화장실은 허용하지 않았다. 중식 시간, 혹은 석식 시간, 그리고 점호 시간에만 화장실이 허용된다. 그러다 정 급하면 싸서 말리면 된다. 하지만 화장실이라고 해서 다 같은 화장실이 아니다.

올빼미들이 가야 할 화장실은 부대에서 몇 년 동안 방치해

둔 오래되고 폐쇄된 화장실이었다. 나무로 대충 얽어서 만든 곳이다. 올빼미들은 인상을 찌푸릴 수밖에 없었다.

'염병. 아무리 그래도……'

"10명 1조로 화장실에 들어간다. 1조 앞으로."

"앞으로!"

올빼미들의 생각과는 다르게 그들의 몸은 반사적으로 앞으로 나가고 있었다.

"입장!"

"입장!"

그들이 오래된 화장실에 입장했다. 하지만 들어가자마자 그들은 인상을 찌푸릴 수밖에 없었다. 오래된 소변과 대변이 섞인 퀴퀴한 냄새. 거기에 나무로 만든 벽 위로 수없이 꿈틀거리며 기어오르는 구더기까지.

'염병. 여긴 구더기도 특전 구더기냐?'

"일렬횡대!"

"일렬횡대!"

"준비!"

"준비!"

자세를 잡는 올빼미들. 그리고 그들의 귓가에 들려오는 악마의 천둥소리.

"발사!"

"발사!"

나올 리가 없다. 이런 자세로 소변을 보게 될 줄 누가 상상이나 했겠는가. 그리고 더 가관인 것은 그 뒤에 외치는 조교의 일갈 때문이다.

"오다리—오형 다리—붙입니다."

'이, 이런 씨, 씨발!'

'싸라는 거야, 말라는 거야?'

찔끔, 쫄쫄.

"동작 그만! 분명 오다리 붙이라 했습니다. 본 조교의 말이 우습습니까?"

이쯤 되면 포기해야 했다.

'씨발. 싸서 말리고 만다.'

"그 자리에서 머리 박습니다."

순간 그들의 귓가에 들려오는 악마의 외침.

올빼미들의 얼굴이 일그러졌다. 구더기와 오줌이 가득한 곳에 머리를 박으란다. 잠시 머뭇거리는 사이 빨간 모자의 발길질이 어김없이 그들에게 작렬했다.

"구더기가 무섭습니까? 오줌이 무섭습니까?"

그 말에 부르르 떨었다. 구더기가 무서워 명령을 이행할 수 없다니. 말도 안 된다. 머리를 박지 않으면 그대로 구더기를 무서워하고 오줌을 무서워하는 특전인이 되는 것이다.

"으아아악!'

한 명의 올빼미가 미친 듯이 소리를 지르며 머리를 박았다. 마치 도미노처럼 조원이 머리를 박는다. 화장실 밖에서는 그것을 그대로 보고 있었다.

"군가 합니다. 군가는 충성의 횃불. 하나! 둘! 셋! 넷!"

"아름다운 이 강산을 지키는 우리, 사나이 기백으로 오늘을 산다. 마탄의 불바다를 무릅쓰면서, 고향땅 부모형제 평화를 위해. 전우여, 내 나라는 내가 지킨다. 충성의 횃불 아래 목숨을 건다……."

6특수여단 전체가 볼일을 보는 데는 거의 한 시간이 소요되었다. 그렇다고 밖에서 대기하고 있는 올빼미들이 편한 것은 아니었다. 소화를 원활이 하고 배출을 돕기 위해 가볍게 팔굽혀펴기에 어깨동무하고 쪼그려 뛰기 등 상상조차 할 수 없는 동작을 되풀이하고 있었다.

6시에 기상하자마자 그들의 훈련은 이미 시작된 것이었다. 올빼미들이 당황할 수밖에 없는 이유가 바로 이것이었다. 눈 뜰 때부터 눈 감을 때까지 모두가 교육 훈련이었다. 미치도록 철저했다.

방심이란 있을 수 없었다. 휴식 시간에도 긴장해야 했다. 각 없는 군인은 존재할 필요가 없다나 뭐라나. 어쨌든 휴식 시간에도 각을 세우고 있어야 했다. 식사도 마찬가지다. 직각이다. 군대는 각이기 때문에.

화장실까지 아주 깨끗하게(?) 해치운 후 올빼미들은 본격적인 교육훈련에 들어갔다. 다행히 무거운 정신교육은 없었다. 그냥 간단하게 PT 체조를 배웠다. 그때 올빼미들의 머릿속에 떠오르는 하나의 의문이 있었다.

'이런 게 체조면 대체 훈련은 뭐냐?'

목봉체조도 그렇고 PT체조도 다 체조란다. 허리가 부러지고 근육이 아프다고 미친 듯이 외치고 있는데 체조라고 한다. 그리고 PT체조는 정말 체조의 끝판왕이라고 해도 과언이 아니었다.

목봉체조도 충분히 힘들었다. 머리 가죽이 벗겨지고 척추가 탈골할 것만 같았으니까. 하지만 PT체조는 정말 전신의 뼈다귀가 녹신해지는 것 같은 느낌이 들었다. 그렇게 서서히 그들은 변해가고 있었다.

일주일간의 목봉체조와 PT체조로 말이다.

일단 그들의 눈빛이 변했다. 아주 살벌하게. 눈에서 번갯불이 튀어나올 것 같았다. 이빨도 닦지 않았고 세면도 대충했다.

하루 종일 뛰고 훈련하는 데도 그들의 체중은 늘었다.

왕성해진 식욕 때문이다. 힘들어서 어기적거리며 걷다가도 식사 시간이라고 하면 언제 그랬냐는 듯이 마치 샤벨 타이

거를 압도할 속도로 뛰어갔다. 그들은 항상 배가 고팠다. 처음 체력 과정을 시작했을 때 그 오래된 화장실 냄새를 맡고 헛구역질하는 올빼미가 있었다.

하지만 지금은 아니다. 식사 시간 3분이 끝나면 입에다 무조건 집어넣었다. 그리고 이동하면서 씹었다. 적어도 화장실로 이동하는 동안에는 아무 일도 없었으니까. 그리고 화장실 안에 들어가서도 씹었다.

냄새? 특전 구더기? 다 필요 없었다. 오다리를 붙이고 줄기차게 소변을 보았다. 그리고 화장실을 나오면서 길고 시원하게 트림까지 했다. 불과 일주일만의 변화라고는 도저히 믿을 수 없을 정도지만 사실이다.

일주일의 체력 과정이 끝난 후 그들은 산악 과정에 돌입했다. 외줄 타기, 두 줄 타기, 세 줄 타기, 활차, 암벽 등반, 외줄 하강, 수직 낙하, 참호 격투 등 분명 제대로 된 훈련이었다. 훈련 장소를 이동할 때는 여지없이 부상 방지를 위해 PT체조를 했다.

'차라리 부상당하고 싶다.'

그러면서도 그들은 스스로 놀라고 있었다. 달라진 자신들의 체력 때문이다. 과거에도 체력에는 자신 있었다. 그런데 지금과 같지는 않았다. 오리걸음으로 한 시간 내에 250 고지를 점령할 정도의 체력은 아니었다.

체력 과정의 PT체조에 비하면 산악 과정은 그야말로 식후 운동거리밖에 되지 않았다. 아니, 오히려 재미있었다. 외줄타기나 두 줄, 세 줄은 하품이 날 지경이고 활차는 그 스릴감이 아주 쫀득했다.

암벽 등반이나 외줄 하강 역시 그랬다. 다만 밧줄을 이용하기에 사타구니가 조금, 아주 살짝 당기기는 했지만 기분이 삼삼했다. 산악 과정의 경우는 그들이 줄곧 해온 훈련 중의 일부분이라 할 수 있었다.

다만 지금의 훈련이 기존의 훈련보다 조금 더 체계적이라는 느낌을 받았다. 그리고 가장 절정은 역시 수직 낙하와 참호 격투였다. 수직 낙하는 강과 강을 연결한 밧줄 하나를 잡고 강의 중간쯤 도착해서 '낙하'라는 말과 함께 떨어져 내리면 그만이었다.

떨어지는 시간도 불과 2초 정도밖에 지나지 않았다. 그런데 이것이 아주 쫄깃하기 그지없었다. 볼 때는 분명 2초다. 하지만 해당 당사자는 2초가 아니었다. 밧줄의 높이는 인간이 가장 두려움을 느끼는 11m.

손을 놓는 순간 숫자를 센다. 하나, 둘이면 강물에 도달해야 했다. 하지만 열을 세어도 강물에 빠지지 않는다. 살짝 눈을 뜨면 사타구니 밑에서부터 전해지는 찌르르한 느낌이 쭉 펴져 있는 허리를 굽혀지게 만든다.

그 순간 얼굴 전체를 덮어오는 강물과 안도감과 희열 같은 것이 느껴진다. 거기에 비릿한 향기까지. 하지만 거기에서 끝이 아니다. 강 중간에 대기하고 있는 목선에 오르려 하면 수많은 견제를 뚫어야 했다.

긴 봉 끝에 두툼한 헝겊을 씌워 목선에 오르려는 이들을 사정없이 찌르는 조교들. 그것을 피해내고 목선에 올라야 PT체조와 각종 정신교육을 면할 수 있었다.

수직 낙하가 홀로 느끼는 카타르시스라면 참호 격투는 함께 느끼는 카타르시스였다.

거대한 원형 구덩이 앞에 올빼미들이 정렬한다.

"화장실 가고 싶은 올빼미 거수한다. 거수!"

카이론의 외침에 처음엔 망설이다 하나둘 손을 든다. 어떤 무언가 있을 것이라는 느낌이 강하게 들기는 하지만 평소처럼 싸서 말리다가 정식으로 시간을 주겠다는데 마다할 이유가 없기 때문이다.

"앞으로!"

절반 정도가 앞으로 나섰다.

"이동!"

카이론의 말에 조교들이 앞에 섰다. 그리고 그들을 인솔해서 도달한 곳은 참호였다. 그들은 참호를 둥그렇게 에워쌌다. 순간 그들은 뇌 가득히 치켜드는 불길한 감각에 얼굴을 푸들거렸다.

'설마······.'

"자유 사격 실시!"

역시나.

올빼미들은 멀거니 참호를 바라보았다. 참호는 흙탕물이었다. 거기에 소변이 첨가되고 있다. 그러다 문득 한 명의 올빼미가 나직하게 낄낄거렸다. 그들은 순간 미친 새끼라는 말이 떠올랐지만 결국 그들도 낄낄거리고 말았다.

참호는 무려 다섯 개나 됐다. 그 진흙탕 참호가 모두 소변으로 가득 찼다. 진흙탕 물이 햇볕을 받아 반짝였다.

"입호!"

망설이던 올빼미들이 참호로 들어갔다. 그들은 각각 열 명으로 붉은 머리띠와 푸른 머리띠를 둘렀다. 그리고 일정 시간이 지난 후 서로의 머리띠를 많이 빼앗으면 승리하는 것이다. 승리한 조는 휴식을, 패배한 조는 참호 격투장 옆에 놓여 있는 목봉을 들어야 한다.

"시작!"

"와아아악!"

거리낄 것이 없었다. 그들은 목봉을 보는 순간 이성을 잃었다. 이곳이 진흙탕이든 소변을 본 곳이든 상관없었다. 어떻게든 상대방의 머리띠를 빼앗아 승리해야 했다.

오줌 섞인 흙탕물을 뒤집어쓰고 삼켰다. 쓰러지는 올빼미에게 올라타 머리띠를 빼앗고 정강이까지 차오른 흙탕물에 머리를 처박았다. 상대를 잡기 위해 악다구니를 쓰며 흙탕물에서 뒹굴었다.

그리고 마침내 승자가 결정 나고 패자는 흙탕물에서 PT체조를, 그리고 격투장 밖에서는 목봉 체조를 해야 한다. 참호 격투가 끝난 후 참호 격투장 안은 참으로 가관이었다. 돼지기름에 달걀노른자를 푼 것 같은 색깔이 되어 있었기 때문이다.

하지만 올빼미들은 웃었다. 재미있었으니까. 이런 훈련이라면 몇날 며칠이라도 더할 수 있을 것 같았다.

제7장

치열한 두뇌 싸움

Warrior

"이쯤해서 특전여단 내에 있는 간세들에게 경고를 보내야 합니다."

"간세라……."

마하리쉬 대위의 말에 카이론은 작게 되뇌었다.

"아시겠지만 특전여단 내에 귀족파와 국왕파의 간세가 침투해 있습니다."

"확인된 건가?"

"누구인지 확인은 못했습니다. 하지만 휴전이 성립되고 군부가 변하기 시작했습니다. 힘을 쏟아낼 곳을 찾고 있으며,

권력과 직위를 유지하기 위해 첨예하게 대립하기 시작했습니다. 그리고 귀족들은 중도파와 귀족파, 그리고 국왕파로 나눠져 파벌을 형성했고, 그 파벌은 성인식을 넘긴 세 왕자의 배후로 자리 잡았습니다."

마하리쉬 대위의 말에 카이론은 고개를 주억거렸다. 작전에 있어서는 몰라도 전체적인 시류와 정치적인 입장의 해석에 한에서는 자신이 마하리쉬 대위를 따라잡을 수 없었다.

"후계 다툼이 본격화되고 있는 지금, 서로에 대한 정보를 알아내는 것이야말로 가장 우선시되어야 할 일. 그리고 그 정보를 가장 빠르고 정확하게 알아낼 수 있는 방법은 상대의 가장 핵심적인 곳에 간세를 침투시키는 것입니다."

"그렇겠지."

"체스터 백작은 중도파의 수장인 블라드 유린 후작의 군사와 같은 역할을 담당하고 있습니다. 거기에 1군 지역의 핵심인 6군단의 군단장이고 말입니다. 6특전여단은 그러한 체스터 백작의 심장 중의 심장이라 할 수 있습니다."

"그래서?"

"옥석을 가려내야 합니다."

"경고를 통해서 말인가?"

"경고를 주면 행동을 보일 것입니다. 지금까지 그들에 대한 어떠한 행동도 하지 않았으니 처음 있는 이 경고에 그들의 분명 반응할 것입니다."

"그렇군."

가볍게 고개를 끄덕이는 카이론이었다. 합당하고 타당한 이야기였기 때문이었다.

"그리고……"

"그리고?"

조심스럽게 말을 꺼내는 마하리쉬 팀장이었다.

"연합을 해야 합니다."

"연합이라… 누구와?"

"현 6특전여단장님과 가장 친분이 좋은 5특전여단장입니다."

"그 말은 5특전여단장이 어느 정도 야망을 가지고 있다는 말이겠지?"

"그렇습니다."

그 이후 카이론과 마하리쉬 팀장의 대화는 길게 이어졌다. 그리고 그 대화 이후 카이론은 여단장을 찾았다. 여단장은 아직 라마나 마하리쉬라는 존재를 몰랐다. 카이론은 의도적으로 라마나 마하리쉬라는 존재를 감추고 있었다.

그것은 자의에 의한 것이 아니라 바로 마하리쉬 팀장 본인의 건의에 의해서였다. 어떻게 흘러갈지 모를 상황에서 모든 패를 보여줄 수는 없다는 그의 설득 때문이었다. 카이론은 그 생각이 옳다 여겨 그의 제의를 받아들였다.

＊　　　＊　　　＊

"비밀이 새고 있다 들었습니다."

"……."

네 명의 전대장과 네 명의 부전대장, 그리고 여단의 참모들이 눈을 동그랗게 뜨고 카이론을 바라보았다. 하지만 그들의 눈에는 불신의 눈빛 떠올라 있다. 도저히 믿을 수 없다는 표정이다.

"그 말, 책임질 수 있나?"

역시 4전대장이다. 그는 카이론을 별로 좋아하지 않는 것 같았다. 하지만 그가 말을 먼저 했을 뿐 여기 있는 모두가 그런 생각을 하고 있는 듯 보였다.

"군단장님께서는 여기 계신 분 중 한 명이라고 생각하고 계십니다."

"크으음."

그에 모두가 불편한 표정이 되었다. 책임 소재가 문제가 아니라 군단장이 자신들의 눈앞에 있는 건방진 신임 전대장에게 그 전권을 맡기고 있다는 것 자체가 불편한 것이다.

자신들은 6특전여단에서 무려 10년을 같이한 사람들이다.

그런데 그런 자신들을 믿지 못하고 듣도 보도 못한 놈을 내세워 자신들을 감찰한다는 것 자체가 말이다.

"정보가 새는 것을 우리에게 말하는 이유가 무엇인가?"

1전대장이 묵직하게 입을 열었다.

"아시다시피 여기 계신 분들은 1급 비밀 취급 인가증이 있는 분들입니다."

그 말 한마디로 여기 참석한 사람들이 주요 감시 대상이라는 말이다. 그에 절로 침묵할 수밖에 없었다. 그들의 얼굴에는 불편함을 넘어서 이제는 당황하고 있었다.

"우리가 어떻게 해야 하나?"

3전대장이 물었다.

"그저 평소대로 하시면 됩니다. 다만 주시하고 있다는 것만 잊지 않았으면 합니다."

"그런가? 그럼 먼저 일어나겠네."

3전대장과 4전대장이 자리에서 일어났다. 이 자리가 별로 탐탁지 않고 불편했기 때문이다. 그 둘이 먼저 자리를 벗어나자 나머지 인원 역시 자리를 벗어났다.

그런 그들을 말없이 바라보는 카이론이다. 휑하게 남은 빈자리를 보며 카이론이 나직하게 입을 열었다.

"두고 보면 알겠지."

자리를 파하고 나온 전대장들과 부전대장, 그리고 참모들의 얼굴이 침중해졌다.

콰앙!

그중 다혈질인 4전대장이 분을 이기지 못하고 눈앞에 보이는 나무를 발로 걷어찼다. 그런 그를 바라보며 평소 같았으면 그저 지나갔을 이들은 착잡한 표정을 지어 보였다.

"도대체 저 애송이가 뭐길래 이런 중대한 일을 맡긴답니까? 정녕 군단장님은 우리를 믿지 못한다는 것입니까?"

괄괄하게 이어지는 4전대장의 목소리. 그를 말리는 것은 누구도 아닌 3전대장이었다.

"믿지 못하는 것이 아니라 믿은 이들에게 당했다는 배신감이겠지."

"끄으응!"

그렇게 따지면 할 말은 없었다. 하지만 여전히 분을 삭이지 못하는 4전대장이다. 그런 이들을 말없이 바라보며 검은색 하늘을 바라보는 1전대장이다.

"모두 쉬게. 내일도 훈련을 해야 할 테니 말이야."

그렇게 말하고 신형을 돌려 걸음을 옮겼다. 그들을 실질적으로 이끌어야 하는 1전대장이 그렇게 가버리자 전대장들과 부전대장, 그리고 참모들은 멍하니 그의 뒷모습을 바라볼 뿐이다.

그러다 작전참모가 말없이 자리를 벗어났다. 그렇게 한 명 한 명 자리를 떠났다.

"젠장! 제기랄!"

4전대장은 아직도 분을 삭이지 못하고 있었다. 3전대장이 그런 그의 어깨를 툭툭 치며 자리를 벗어났다. 그에 4전대장은 크게 숨을 들이쉬었다 내뱉으며 한참을 서성이다 마지못해 자리를 이탈했다.

＊　　　＊　　　＊

"여기……."

어둠 속에서 한 명의 사내가 후드를 깊숙하게 뒤집어쓴 다소 왜소한 자에게 무언가를 건넸다. 후드를 깊숙하게 뒤집어쓴 자는 곧바로 받아 든 것을 확인했다. 금화 두 개였다. 2골드.

어둠 속에서 후드를 뒤집어쓴 자가 새하얗게 웃었다.

"시간은 많이 드리지 못합니다."

"알고 있네."

"그럼……."

고개를 까딱 숙이며 자리를 벗어나는 후드를 뒤집어쓴 자였다. 그자가 어둠 속에 완전히 사라질 때까지 사내는 아무런 행동도 하지 않았다. 그러다 완벽하게 적막이 감돌 때 그는 자신의 앞에 놓인 원거리 통신용 마법 크리스털을 바라보았다.

그리고 말없이 원거리 통신용 마법 크리스털을 조작하기 시작했다. 그의 손놀림은 굉장히 능숙했다. 마치 예전부터 자주 사용했다는 듯이 말이다. 그러자 마법 크리스털 너머에서 목소리가 흘러나왔다.

—오랜만이로군.

"그렇게 되었습니다. 훈련 중인데 마나 역장이 펼쳐져 있어 본의 아니게 그렇게 되었습니다."

—그런가? 그런데 무슨 일인가?

"군단장이 눈치를 챈 것 같습니다."

—그래? 그럴 때도 되었지. 어떻게 할 작정인가?

"이미 발을 빼기에는 어려운 상태. 누군가를 희생시켜야 할 듯합니다."

—…….

어둠 속 사내의 말에 마법 크리스털에서는 별다른 말이 흘러나오지 않았다. 아마도 생각에 잠긴 듯 보였다.

—발각당하면 난 자네를 보호해 줄 수 없네.

"알고 있습니다. 다만 뒤를 부탁합니다."

—그럼세.

"시간이 다 되어서 이만……."

마법 통신이 끝이 났다. 어둠 속에 가려진 사내의 얼굴이 하늘을 향했다. 그가 하늘을 향했을 때 두 마리의 새가 시간 차를 두고 야공을 뚫고 날아가고 있었다. 고개를 들어 하늘을 바라보던 사내의 얼굴에 하얀 미소가 떠올랐다.

"확실히 주목을 받고 있기는 한가 보군."

그리고 사내는 또다시 마법 크리스털을 작동시켰다.

─상황은 어떤가?

"상당히 잘하고 있습니다."

─상당히 잘해?

"불과 보름이지만 여단장과 전단장으로 확실하게 자리매김하고 있습니다."

─그렇군. 그리고 다른 정보원들은 어떤가?

"조심스럽게 추측해 보자면 빌리 해밀턴 1전대장과 라자르 안젤레프 4전대장입니다."

─…….

두 전대장의 이름이 흘러나오자 통신 크리스털 저편에 있는 자가 잠시 침묵했다.

─왜 그렇게 생각하나?

"해밀턴 1전대장은 너무나 적극적이고 안젤레프 4전대장은 그동안 진급이나 기타의 행정적인 처우에 상당한 불만을 가지고 있습니다."

—그렇군. 알겠네. 일단 계속 그들을 주시하도록 하게.

"알겠습니다. 한데……."

—확인해 보면 알겠지만 뱅크에 입금되었을 것이네.

"알겠습니다."

이전과는 다른 대화. 그리고 이전 통신과는 다른 관계라 할 수 있었다. 통신이 종료되자 사내는 차갑게 웃었다. 그는 주변을 한번 훑어보았다. 아무도 없었다. 짙은 어둠과 괴괴한 적막만이 존재했다.

사내가 어둠 속으로 신형을 감추었다. 약간의 시간이 흐른 후 사내에게 골드를 받았던 후드를 뒤집어쓴 자가 나타나 원거리 통신용 마법 크리스털을 회수했다. 그리고 다시 적막이 감돌았다.

스스스.

그때 바람이 불며 어둠 속에서 한 명의 사내가 모습을 드러냈는데 다름 아닌 카이론이었다. 카이론은 통신을 한 사내가 사라진 곳을 바라보며 입을 열었다.

"그랬었나?"

카이론은 혼자 중얼거리며 자리에 서 있었다. 마치 누군가를 기다리고 있다는 듯이 말이다. 그에 어둠 속에서 또 다른 이들이 모습을 드러냈는데, 키튼 상사와 아시커나크 차전사였다.

"까마귀 하나. 확인 완료."

"까마귀 둘. 확인 완료."

들려오는 목소리에 카이론은 고개를 끄덕였다. 마치 오래 전부터 그들을 감시하고 있던 듯 암호와 작전 번호까지 붙여 그들을 부르고 있다. 그때 어둠 속에서 또 한 명이 걸어오고 있었는데 바로 카플루스 자작이었다.

"역시 그들 세 명인가?"

"그렇습니다."

"이제 어떻게 할 작정인가?"

기실 군단장에게 특전여단장 직을 수락하고 은밀히 전해 들은 말이 있었다. 특전여단은 군단 직할의 무력으로 특급 비밀을 제외하고는 군단의 모든 비밀을 취급할 수 있었다. 물론 특전여단 내에서도 1급 비밀 취급 인가증을 가진 자는 드물었다. 고작해야 여단장과 전대장, 부전대장, 그리고 참모진뿐이었다.

군단장의 측근에게 사람을 붙이기는 어려운 상황. 그렇다면 군단장 직할로 있는 부대에 사람을 심을 수밖에 없었다. 물론 여타 조직에 정보원을 두지 않는다는 것은 아니지만 그렇다 해도 기사단이나 마법병단, 그리고 특전여단만큼 중요한 곳은 없다 해도 과언이 아니다.

"그들이 활동을 하도록 정보를 계속 흘릴 예정입니다."

"……."

카이론의 말에 말없이 슬쩍 입꼬리를 말아 올려 웃음 짓는 카플루스 자작이다.

"좋군."

그렇게 말하며 걸음을 옮기자 카이론은 자신의 뒤에 대기하고 있는 키튼 상사와 아시커나크 차전사에게 미약하게 고개를 끄덕여 보였다. 그에 그들은 다시 어둠 속으로 모습을 감추었다.

*　　*　　**

그 시각, 6군단의 군단사령부 군단장의 집무실.

그곳에는 6군단장 체스터 백작과 전속 부관 칼라시니코프 소령이 있었다. 그들 앞에는 원거리 마법 통신용 크리스털이 놓여 있었다.

"여단장에게는 아직 소식이 없나?"

"없습니다."

"흐음."

칼라시니코프 소령의 말에 턱을 쓰다듬으며 짐짓 생각에 잠기는 체스터 백작이다. 그러다 의자에서 일어나 어둠 속에 잠긴 군단사령부의 야경을 바라보았다.

"어떻게 생각하나?"

"기다려 보는 수밖에 없다고 생각합니다."

"그를 믿나?"

"그를 다시 등용하신 것은 백작님이십니다."

"그렇지."

"아직 판단하기에는 이르다고 생각합니다."

끄덕.

칼리시니코프 소령의 말에 고개를 끄덕이는 체스터 백작이다. 이제 겨우 보름 지났다. 그 시간 동안 모든 것을 해결하기에는 어렵다고 보는 것이 맞았다. 그러다 문득 체스터 백작은 뒷짐 지고 있던 손을 풀어 손바닥을 내려다보았다.

'내가 긴장하고 있었나?'

그가 내려다본 손바닥은 미약하지만 땀에 젖어 있었다. 아주 간단하기 그지없는 일에 자신은 긴장하고 있었다. 실로 치열한 정보전이 벌어지고 있다. 오히려 바이큰 족과 전쟁을 하고 있을 때보다 더 치열했다.

차기 군사령관의 자리와 주도권을 잡기 위한 치열한 경쟁 구도가 상대방의 약점을 캐기 위해 수없이 많은 정보원을 침투시키게 하고 있었다. 자신도 역시 그랬다.

"결국 이번 동계 혹한기 전술 훈련으로 성패가 갈라지겠군."

"아마도……."

"재미있군."

이 피 말리는 정보전이 재미있었다. 체스터 백작의 입꼬리가 살짝 말려 올라갔다.

*   *   *

그렇게 6특전여단은 그렇게 한 달의 시간을 보냈다. 처음 보여주던 삐걱거림은 체력 과정 1주, 산악 과정 1주, 생존 과정 2주를 보내는 동안 단단하게 결집되었다. 그렇지 않아도 강력한 결집력을 가진 특전여단이었다.

그런데 그러한 그들을 더욱 완벽하게 하나로 만들어준 훈련이라 할 수 있었다.

전대장을 비롯한 간부들 역시 한 달 동안 직책과 직급을 버렸다. 다 같은 특전사의 전우였을 뿐이다. 서로를 조금 더 속속들이 알게 되고, 언제 어디서든지 자신의 목숨과 자신의 등을 기꺼이 전우에게 맡길 수 있음을 알게 되었다.

그들은 이제 특전여단의 장교, 혹은 간부가 아니라 모두 전우였다. 그러한 그들이 마침내 훈련을 종료하고 여단장 집무실에 모였다. 물론 모든 특전여단의 인원이 모인 것은 아니다. 전대장과 부전대장, 전대 선임상사, 그리고 팀장과 조장들이다.

하지만 그렇게만 하더라도 작지 않은 여단장의 집무실에 앉을 자리가 없어서 팀장과 조장들은 해당 전대장과 부전대장, 그리고 선임상사 뒤에 도열해 서서 회의에 참석해야 했다.

"다들 고생했어."

카플루스 자작이 가볍게 입을 열었다. 한 달간의 훈련 동안 카플루스 자작 역시 가장 선두에 서서 훈련을 받았을 뿐만 아니라 훈련이 끝난 후 여단장으로서의 집무도 보았다.

훈련은 군인으로서, 집무는 한 무리의 이끌고 있는 수장으로서 충실했다. 그 덕분에 6특전여단의 전대원들은 온전하게 카플루스 자작을 여단장으로 인정하고 있었다. 자신들과 같은 밥을 먹고 같은 훈련을 받는 여단장을 인정하지 않으면 오히려 그것이 더 이상한 일이다.

특전여단의 특성상 상당히 이질적이기는 하지만 한 번 인정하면 그것으로 모든 것을 건다. 설사 그것이 목숨이라도. 일반 군인도 마찬가지겠지만 특전사는 특히 그런 성향이 강했다.

"감사합니다."

카플루스 자작의 말에 당연하다는 듯 쉽게 답하는 1전대장이다. 그런 1전대장의 말을 듣고 고개를 끄덕이며 카플루스 자작은 자신이 하고자 하는 말을 꺼냈다.

"들어서 알고 있겠지만 이틀 후 전군 특전여단을 대상으로 동계 혹한기 전술 훈련을 실시한다."

익히 알고 있는 내용이다. 그리고 이 자리가 그 동계 혹한기 전술 훈련을 대비한 작전 지침을 내리는 자리라는 것도 말이다.

"이번 동계 혹한기 전술 훈련은 예전과는 달리 대항군으로 치러진다. 1군의 다섯 개 특전여단과 2군과 3군 연합의 일곱 개 특전여단으로 나눠지며, 1군을 레드, 2, 3군의 연합을 블루 팀이라 칭한다. 작전 지역은 1군과 3군 전 지역이다. 또한 전술 훈련이 치러지는 방법은 녹다운제로 30일간 치러지는 전술 훈련 도중 가장 많은 인원이 남는 부대가 전술 훈련에서 승리하는 방식이다."

카플루스 자작의 말에 다들 살짝 상기된 표정을 지어 보였다. 전술 훈련에서 상대 팀을 공격해 무장 해제를 시킨다. 무장 해제된 상대는 죽은 것으로 간주되며, 무장 해제하기 전 고문을 통해 상대 팀에 대한 정보를 취합할 수 있었다.

죽이지만 않을 뿐 실전과 같은 훈련이다. 더군다나 지금은 겨울이다. 대체적으로 이런 녹다운제는 겨울보다는 여름에 치러지는 것이 정상이다. 아무리 특전여단이라고는 하지만 인간이기에 조금 더 안정적인 계절을 고른 것이다.

하지만 이번에는 달랐다.

"곡소리 좀 나겠습니다."

"크흐흐흐."

"이번엔 꽤 재미있을 것 같지 않습니까?"

하지만 놀람은 잠깐이었다. 여단장이 앞에 있음에도 전대장들이나 주요 간부들은 기괴한 표정을 지어 보이며 이 상황이 아주 재미있다는 듯이 입을 열었다. 그들은 이미 이번 전술 훈련의 최고 우수 부대는 자신의 부대임을 믿어 의심치 않는다는 표정이다.

카플루스 자작은 그런 표정의 전대장이나 간부들을 말없이 지켜보았다. 그럴 만도 했다. 그들은 한 달 내내 입에서 단내가 나도록 훈련에 훈련을 거듭했다. 그것도 아주 체계적으로 말이다.

처음에는 반감을 가지고 매일 육두문자를 입에 달고 살던 이들조차도 이제는 이 훈련을 확대해 기본 4주 훈련을 8주로 늘려야 한다고 주장했다.

그러한 이유는 그들 스스로 자신의 실력이 발전했음을 체감하고 있기 때문이다. 특히나 마나를 다룰 줄 아는 이들은 더욱 그러했다. 자신을 한계까지 몰아붙임으로써 그동안 마치 변비처럼 막혀 있던 어떤 실마리를 찾은 이들도 있었다.

또한 마나에 길들여져 잊고 있던 기본을 되살리면서 마나를 사용할 때보다 오히려 마나를 더욱더 세밀하게 다룰 수 있게 되었음을 실감하고 있었다.

목마른 자에게 물을 줬다. 그리고 그들은 그 물에 중독되어 가고 있다. 그럼으로써 그들은 자동적으로 카이론을 완벽하게 자신들의 전우로 인식하고 있었다. 한 달 내내 지독하게 괴롭히던 그를 심지어는 존경한다는 말까지 해가면서 말이다.

"조용!"

조금 시끄러워진 집무실 분위기를 가라앉힌 카플루스 자작이다. 그는 슬쩍 주변을 훑어보며 입을 열었다.

"그리고 이번 전술 훈련을 치름에 있어 본 여단장의 목표는 전군 최고의 특전여단이다."

그의 말에 다들 당연하다는 듯이 고개를 끄덕였다. 모든 특전여단이 같은 생각이다. 특전여단 중 최고면 전 군 최고의 부대이자 군인이 될 수 있으니까.

"해서 이번 녹다운제 작전에 대한 작전 지휘권을 5전대장에게 맡기고자 한다."

카플루스 자작의 파격적인 말에 다들 조금은 의구심이 깃든 표정을 지었다. 그들은 5전대장을 전우로 받아들였고, 정식으로 제5전대장으로 인정했다. 지난 한 달간 그가 보여준 훈련은 그를 인정하기에 충분하고도 남음이 있었다.

하지만 그것은 어디까지나 교육 훈련의 경우이다. 그리고 이것은 교육 훈련이 아니라 전술 작전 훈련이다. 아니, 전술 작전 훈련이라는 거적때기를 뒤집어쓴 오금이 저리고 피가 튀는 실전이다.

죽지는 않겠지만 잘못하면 전술 작전 훈련 중 입은 부상으로 의병제대를 할 수 있을 정도로 흉험한 일이다. 실전과 전혀 다르지 않았다.

"불가합니다."

그때 나선 이가 있었으니 역시 라자르 안젤레프 4전대장이었다.

첫 훈련을 시작할 때 카이론에 의해 체면과 자존심을 구길 대로 구긴 그다. 그 이후 훈련 내내 충실하게 임했지만 그것은 기회를 잡기 위한 그의 조작된 행동일 뿐이었다.

"이유는?"

"아시잖습니까? 이것은 아이들 장난이 아닙니다. 교육 훈련이 아니라 전술 훈련입니다. 명목상 전군 최고를 가리는 전술 작전 훈련이지만 그 내면에 숨겨진 의미를 여기서 모르는 이는 없을 것입니다."

그 내면에 숨겨진 의미. 그것은 바로 '제거'이다.

군 전술 훈련에서 부상은 비일비재하다. 그리고 그 부상 속에서 예기치 않은 불상사 역시 발생한다. '훈련 중 사망'이라는 예상치 않은 상황을 이름이다.

특전여단은 대부분이 군단 직할이다. 또한 군단의 최고의 무력이다. 군단 직할이라는 말은 군단장의 힘이라는 말이 되고, 군단장은 대부분 한 지역에서 패자로 군림하는 자라 할 수 있다.

한 지역의 패자.

달리 말해 한 지역에서 가장 강한 자라는 말이고, 그 강한 자는 자신의 자리를 지키기 위해서 상대를 제압해야만 한다. 그것이 귀족들의 세계이고 최고의 자리를 유지하는 방법이었다.

정치계라면 정적을 제거하기 위해 정치적인 수단을 이용할 것이다. 그리고 그 정치적 수단 중 가장 합법적인 것이 바로 영지전이다. 하지만 군대는 달랐다. 가장 합법적인 방법은 바로 '훈련 중 불의의 사고' 였다.

그리고 분명히 알아둬야 할 것이 있었다. 여단장 이후부터는 군인이 아니라 정치인이다. 그리고 그들은 정치적인 방법으로 정적을 제거하고 권력 다툼을 한다. 바로 지금과 같은 상황이다.

과거 고대시대의 현자 카알 폰 크라우제비츠 현자는 이런 말을 했다. '전쟁은 정치의 수단이다.' 크게 보아선 분명히 동의할 수 있는 말이다. 하지만 군대라는 것 역시 마찬가지다.

'작전 훈련은 권력 유지의, 혹은 정적 제거의 수단' 일 뿐이었다. 그리고 여기 있는 부전대장 이상은 모두 귀족이었고, 특전사를 이루는 특전대원 모두가 그들로부터 자유롭지 않은 부사관들이다.

진정한 군인이자 특전인이고 싶지만 실제 그러한 특전인은 드물었다. 그럴 수밖에 없었다. 신분제가 철저하고, 그 신분제가 모든 것을 지배하는 이상, 이 세계의 모든 것은 그 신분제와 연결될 수밖에 없으니 말이다.

4전대장은 바로 그것을 꼬집은 것이다. 작전 실패는 죽음에 이를 수 있다는 것을. 목숨을 내어놓고 치르는 동계 혹한기 전술 훈련. 특히나 지금과 같이 바이큰 족과 휴전이 성립되고 군대가 대규모로 개편되고 있는 미묘한 상황이라면 더욱더 그랬다.

"한 가지 묻지."

"무슨……."

카플루스 자작이 나직하게 입을 열었다. 그에 4전대장은 의구심이 깃든 눈으로 그를 바라보았다.

"자네는 비수 진지를 어떻게 생각하나?"

"아주 중요한 감제고지로서 현재 6군단의 휴전선을 밀어 올리는 데 결정적인 역할을 한 곳이라 생각됩니다."

정석적인 대답이다.

그들은 비수 진지를 카플루스 자작이 개척한 것으로 알고 있다.

아무리 하잘 것 없는 것이라 할지라도 당사자 앞에서는 헐뜯을 수 없을 텐데, 비수 진지는 확실히 중요하고 그 업적은 칭송할 만했다. 그것은 그 누구도 반론할 여지가 없는 진실이었다.

"하면 바이큰 족의 천부장 고야틀레는 어떻게 생각하나?"

고야틀레. 피를 마시는 자.

그것을 상기해 낸 4전대장은 가볍게 몸을 떨었다.

"그를 죽인 사람은 내가 아니라 자네 맞은편에 앉아 있는 5전대장이네. 또한 비수 진지를 개척하는 모든 작전을 계획하고 실행에 옮긴 이 역시 그이네."

"그게 무슨……?"

다들 놀랐다. 카플루스 자작으로 알고 있기 때문이다. 한데 본인이 아니라고 주장하고 있다.

"그때 본 여단장은 심각한 부상을 입고 있었네. 복부에 내장이 흘러내릴 정도의 상처를 입었으며, 제대로 된 치료와 음식을 섭취하지 못하고 무려 한 달 동안 도피해야 했기 때문에 심신이 극도로 지친 상태였네."

"……."

모두가 침묵했다. 처음 듣는 말이다. 특히 4전대장은 믿지 못하겠다는 듯이 얼굴을 일그러뜨렸다. 해를 넘겨 이제 겨우 열아홉인 5전대장이다. 한마디로 마빡에 피도 안 마른 젖비린내 나는 애송이 놈이다.

"그런 나를 회복시킨 이가 5전대장이며, 당시 본 대대장을 추적하고 있던 적 한 개 천인대를 전멸시킨 사람 역시 현재의 5전대장이네."

"그런……."

"이제 알겠나? 4전대장이 훈련의 이면에 깔린 추악함을 보라고 했듯이 지금 내가 말한 것이 비수 진지에 대한 추악한 이면이다. 그대들 역시 믿지 않을 것이다. 저 어린 5전대장이 그 모든 것을 행했다는 것에 대해 말이다. 하지만 그대들은 알아야 한다. 그대들이 감탄에 마지않고 이보다 더 훌륭한 특전 훈련은 없다고 입이 닳도록 칭찬해 마지않던 3단계로 나눠진 유격 훈련조차 그가 만들어낸 것이라는 것을 말이다."

"……."

모든 시선이 카플루스 자작이 아닌, 앉아 있음에도 불구하고 유독 눈에 뜨이는 카이론을 향했다. 자신에 대한 말이 오가고 있음에도 불구하고 카이론의 표정은 어떤 감정도 떠올라 있지 않았다.

"그의 겉모습을 보고 판단하지 말아야 할 것이다. 나를 여단장으로 인정하고 믿는다면 그를 믿어라. 그는 우리 부대를 최고의 부대로 만들어 줄 것이다."

카플루스 자작의 말에 모두가 그를 향해 시선을 두었다. 어찌 보면 카플루스 자작은 지금 이 자리에서 자신의 치부를 드러내고 있는 것이다. 하지만 그 치부를 드러냄에 있어서 전혀 거리낌이 없고 오히려 담백하기까지 했다.

그 모습이 오히려 더 그들의 마음에 다가가고 있었다. 어떤 꾸밈도 없이 직접 그들의 가슴을 울리는 솔직함이 보인다. 그 와중에 4전대장은 불편한 기색을 할 수밖에 없었다. 자신이 의도하지 않은 방향으로 흘러가고 있기 때문이다.

그때 1전대장이 묵직한 목소리로 입을 열었다.

"특전인은 전우를 시기하지도 질투하지도 않습니다. 5전대장은 이미 6특전여단의 특전인이고 훌륭한 교관임에 틀림없습니다. 우리는 이미 준비가 되었습니다."

그 말이 끝남과 동시에 카이론이 자리에서 일어났다. 그에 모든 시선이 카이론에게 집중되었다. 보통의 열아홉이면 그 질식할 것 같은 기세에 움츠러들 만도 하건만 카이론은 전혀 그런 모습이 없었다.

오히려 당당하고 지금 이 순간만큼은 여기 있는 모두를 압도하고 있었다. 그러한 그가 입을 열었다.

"이번 동계 혹한기 전술 훈련에서 6특전여단의 전투 지역으로 배정된 곳은 브룩스힐과 그곳과 연계된 켈투스 산 일대입니다."

카이론은 곧바로 작전 개요부터 설명해 들어갔다. 그런 카이론의 행동에 다들 잠시 멍해 있더니 피식 웃었다. 기분이 나쁠 만도 한데 지금은 오히려 그게 고마울 뿐이다. 훈련이 끝나고 잠시의 휴식도 갖지 못하고 곧바로 집합했다.

그들도 인간인 이상 일반 특전대원보다 강한 체력을 지녔다고는 하지만 피곤하지 않고 쉬고 싶지 않을 리 없다. 하지만 자신들의 자리가 자리인 만큼 반드시 참여해야만 한다.

이럴 때는 한마디의 공치사나 겸양보다는 빨리 작전회의를 끝내는 것이 오히려 도움이 된다. 마음이 콩밭에 있는데 설명한다고 해서 머릿속에 들어갈 리 없으니 말이다. 그것을 알고 있는 카이론은 이들의 집중력이 살아 있을 때 작전 개요 및 설명을 마칠 작정이다.

'확실히 그는 군에서 수십 년을 생활한 백전노장 같단 말이야. 어떻게 설명할 수는 없지만 말이지.'

1전대장은 인정하지 않을 수 없었다. 군에서 30년을 지낸 자신조차도 하기 힘든 행동을 거침없이 하는 카이론 에라크 루네스 중령. 그는 이제 겨우 열아홉 살이다.

카이론의 작전 설명은 짧았다. 하지만 여기 있는 이들은 모두 아주 정확하게 알아들을 수 있었다. 그는 일체의 사족을 제외하고 오직 각 전대별로 수행해야 할 임무만 설명했다. 그 이하는 모두 전대장의 자율이었다.

참으로 우습기 짝이 없는 작전 설명이었다. 그는 큰 테두리만 제시했을 뿐이다. 그런데 전대장들은 카이론이 설명한 작전에 대해 충분히 이해하고 이미 세부 계획까지 어느 정도 세우고 있는 듯한 모습들이다.

"이상으로 작전에 대한 설명을 마치겠습니다."

그 말을 끝으로 카이론이 착석하자 카플루스 자작은 흡족한 표정을 지어 보였다.

"이상 작전회의를 마친다. 명일까지 일체의 훈련 없이 휴식을 취한다. 이틀 후 새벽 05시를 기점으로 작전을 시작한다."

그렇게 작전회의는 불과 30분 만에 끝이 났다. 작전회의를 마친 여단 간부들이 우르르 여단장 집무실에 쏟아져 나왔다. 그들의 얼굴은 한결같이 밝았다. 이제는 쉴 수 있으니 말이다. 하지만 모두 그런 것은 아니었다. 바로 4전대장은 잔뜩 얼굴을 찌푸린 채였다.

"도대체 이게 말이 됩니까?"

"뭐가 말인가?"

4전대장의 말에 3전대장이 물었다.

"이제 갓 전대장이 된 열아홉의 전대장에게 모든 작전 지휘권을 맡기다니 말입니다. 대체 참모부를 어찌 알고……."

"그렇기는 한데… 뭐, 여단장님이 저리도 밀어주니……."

둘이 서로 다른 형태로 불만을 토로하고 있을 때 그들의 곁을 지나가던 작전참모 맥스 캐러먼 중령이 지나가면서 말했다.

"솔직히 나보다 낫구만, 뭐."

그 한마디에 4전대장은 꿀 먹은 벙어리가 되어버렸다. 솔직히 캐러먼 중령은 5전대장이 시킨 훈련이 특수전을 주로 하는 특전여단에 필수적인 훈련이라고 생각되었다.

게다가 자신은 아직 그 훈련을 실전에 대입할 방법을 찾지 못했는데 카이론은 이미 그 방법을 알고 있었다. 또한 그는 무뚝뚝하고 예의 없어 보이지만 이미 자신에게 찾아와 이번 작전에 대한 것을 상의했다.

그 자리에는 인사참모, 군수참모, 정보참모가 모두 참석해 있었다. 그들은 토의에 토의를 거쳤다. 하지만 토의라기보다는 이번 작전에 있어 교육한 것을 어떻게 적용할지와 그에 따른 각 부서의 역할이 무엇인지에 대한 강의를 받는 것 같았다.

그때 당시에는 그 느낌을 받지 못했지만 지금 와서 생각해 보니 카이론의 유연한 대처에 감탄이 절로 나올 정도이다. 자신이 할 일이 빼앗겼다기보다는 자신이 적용할 작전에 대해 충분한 실전적 운용을 배우는 것 같았다.

그리고 그것은 결정적으로 회의를 마치고 한 카이론의 결정적인 말 때문이다.

"정보원은 총 세 명으로 밝혀졌습니다."

"정말인가?"

"그게 누구누구지?"

카이론의 말에 작전참모 맥스 캐러먼 중령과 정보참모 해롤드 마이어 중령이 다급하게 물었다. 기실 처음 카이론이 여단 내와 타 부대에 대립각을 세우고 있는 귀족들의 정보원이 있다는 말에 가장 자존심이 상한 이가 그 둘이었기 때문이다.

그래서 그 둘은 작전과, 인사과, 정보과의 인원을 동원해 은밀하게 모든 부대원을 감시하고 있던 터다. 하지만 오랫동안 함께해 온 이들을 감시하기란 그리 수월할 일이 아니었다.

"먼저 마법 영상을 보셨으면 합니다."

그리고 그가 틀어준 마법 영상. 그곳에는 각기 다른 세 명이 존재했다. 그리고 그들은 곧바로 세 개의 영상에 보이는 자가 누군지 알아볼 수 있었다.

"어떻게……."

"어찌 그가……."

"허어, 이럴 수가……."

참모들은 입을 벌릴 수밖에 없었다. 그들이 너무나도 잘 알고 있으며, 누구보다 오랫동안 함께해 온 이들이었으니까. 그러는 한편으로 그들은 자신의 가슴을 쓸어내렸다.

자신은 결백하다고 하지만 그것은 자신들의 생각일 뿐, 만들고자 하면 충분히 만들어낼 수 있는 혐의였다. 물론 현 군단장은 절대 그러지 않을 것이라 인정하고 있지만 사람 일이란 모르는 것이 아니겠는가?

"그래, 어찌할 생각인가?"

"선배님들께서 도와주셨으면 합니다."

카이론의 입에서 선배님이라는 말이 흘러나오자 네 명의 참모는 자신들도 모르게 입가에 미소를 떠올렸다. 여단장이 적극 밀어주고 군단장을 배경으로 하고 있는 자가 자신들을 선배로 인정하고 있기 때문이다.

"물론이지."

"하면……."

그 이후 그들은 의견을 조율했다. 그리고 이 자리에서 그들은 조율한 의견대로 행동했다. 그 와중에 캐러먼 중령은 솔직하게 감탄하고 있었다.

기실 의견을 조율했다기보다는 에라크루네스 5전대장의 일방적인 설명이었고, 자신들은 가끔 그의 생각에 동조하거나 좀 더 나은 방향으로 의견을 잠깐 개진했을 뿐이다.

그때 당시에는 과연 작전대로 흘러가겠는가 생각했지만 지금 보니 그대로 흘러가고 있었다.

'난놈은 난놈인 모양이군.'

확실히 인정하지 않을 수 없었다. 어쨌든 동계 혹한기 전술 훈련을 이틀 앞두고 6특전여단은 충분한 휴식에 들어갔다. 마치 먹잇감을 노리는 맹수와 같이 묘한 긴장감과 함께 말이다.

그리고 동계 혹한기 전술 훈련이 들어가기 하루 전, 어둠이 가득한 밤에 세 마리의 비둘기가 하늘을 날았다. 세 방향으로 날아가는 비둘기. 그것을 바라보고 있는 세 쌍의 눈동자는 어둠 속에서 하얀 웃음을 떠올렸다.

그들이 웃음을 흘리고 사라진 그 시각, 허공을 열심히 날아가던 세 마리의 비둘기가 갑자기 떨어져 내렸다. 다른 맹금류나 비행 몬스터에 당한 것도 아닌데 말이다. 불행히도 비둘기를 날린 세 사람은 그 모습을 볼 수 없었다.

그중 한 마리의 비둘기를 잡은 손.

그는 바로 카이론이었다.

그는 비둘기의 발목에 채워진 작은 통 속에서 둘둘 말린 종이를 꺼내 읽었다. 그리고는 입꼬리를 말아 올리며 소리 없이 웃었다. 그는 다시 종이를 작은 통 속에 넣은 후 비둘기를 날려 보냈다.

비둘기는 어둠 속으로 날아오르더니 이내 방향을 잡고 빠르게 사라졌다. 야공 속으로 빠르게 사라져 가는 비둘기를 보던 카이론이 나직하게 입을 열었다.

"역시 그런 건가?"

모든 것이 순조로웠다. 둘둘 말린 종이 속의 내용은 6특수여단의 이동 경로와 작전에 대한 내용이었다. 그들은 자신에 집중하고 있었다. 이 모든 작전을 자신이 세웠으니 그들은 자신을 초기에 무력화시키면 모든 것이 끝날 것이라고 생각하고 있는 것이다.

하지만 그 와중에도 카이론이 이상하게 생각하고 있는 것이 있었다.

'우리에게는 어떤 정보도 없군.'

그랬다. 6군단에서는 어떠한 정보도 주지 않고 있었다. 다른 군단이나 다른 견제 세력에서는 다 하는 것을 6군단에서는 하지 않는다? 절대 있을 수 없는 일이었다.

'결론은 아직 카플루스 자작과 나를 믿지 못한다는 것이로군. 또한 능력이 안 되면 제거하겠다는 경고이기도 하겠고 말이지.'

6군단장인 체스터 백작은 야망이 큰 자였다. 그러한 자가 지금 상황을 묘하게 몰아가고 있었다.

자율성을 보장했지만 어떠한 정보도 주지 않고 있다. 카이론이 그동안 알아본 바코 체스터 백작은 일왕자를 후원하는 블라드 유린 후작의 실질적인 두뇌를 담당하고 있다.

그런데 이번 특전여단의 동계 혹한기 전술 훈련에 담긴 의미를 모를 리 없는 그가 마치 아무것도 모른다는 듯이 행동하고 있는 것이다. 짐작이 갔다.

'주도권을 잡거나 혹은 다른 주머니를 찬 것이겠지.'

평생을 군인으로 살아온 카이론.

하지만 그는 지구의 문물을 경험한 자, 그리고 결정적으로 그가 맡은 임무는 각 국가의 정략적 이해관계가 얽힌 것이 대부분이었다. 이런 의도를 파악하는 것은 그리 어렵지 않았다.

'그럼 시작해 보자고.'

제8장

동계 혹한기 전술 훈련

Warrior

"6특전여단 5전대라⋯⋯."

꾸깃!

얼굴에 X자 형상으로 검상을 입은 자가 진득한 살소를 떠올렸다. 그리고 구긴 종이를 입으로 가져가 씹었다.

"크흐흐, 재미있겠군."

"6특전여단 5전대?"

화르륵!

중후한 목소리. 회백색의 머리카락과 회백색의 수염, 그리고 회백색의 눈동자가 인상적인 사내의 입에서 나직하게 흘러나온 중얼거림. 그와 함께 그의 손에 들린 종이가 불에 타사라졌다.

"이제 시작이로군."

한 사람이 종이를 펼쳐본 후 벽난로에 종이를 던져 넣었다. 종이는 붉게 타오르다 이내 흰 연기를 내더니 검게 물들어갔고, 종내에는 회색으로 변했다. 물끄러미 사그라지는 그 모양을 바라보던 자의 뒤에서 또 다른 목소리가 들려왔다.

"또 다른 전쟁이 시작될 것이라는 전언입니다."

"흐음. 그래, 조금 이르기는 하지만 군을 움직일 수 있는 지금이 절호의 기회겠지. 준비는 되었다고 전하게."

"로드의 뜻대로."

열두 개의 특전여단이 동시에 동계 혹한기 전술 훈련에 돌입했다. 그와 함께 모든 전투 사단에 훈련 상황이지만 비상이 걸리며 작전 대기에 들어갔다.

이것은 엄연히 훈련 상황이다.

하지만 1군, 2군, 3군 사령부에는 미묘한 분위기가 감지되고 있었다. 말로는 표현할 수 없는 무언가 미묘한 위화감이 들며 경각심을 일으키는 분위기였다. 그에 각 군 사령부는 비상 대기에 들어갔다.

훈련과는 별개로 말이다. 그 와중에 카이론이 이끄는 5전대는 2월 13일 20시 정각에 훈련 작전 지역으로 침투를 시작했다. 키튼 상사와 아시커나크 차전사가 각각 한 개 조를 이끌고 좌우의 척후조로 나섰다.

1팀 팀장인 엔그로스 대위가 후방을 맡아 흔적을 지움과 동시에 후면 방어를 맡았고, 2팀의 팀장인 바이에른 대위가 좌측, 3팀의 팀장인 카르타고 대위가 우측을 맡았다. 4팀의 팀장인 마하리쉬 대위는 중앙에 위치해 전체적인 조율을 담당하고 있었다.

그리고 카이론은 독자적으로 움직였다. 그렇기에 지금 5전대를 지휘하는 것은 4팀 팀장 마하리쉬 대위였다. 물론 독자적으로 움직인다고 해도 전체적으로 모든 것을 조율하는 것은 역시 카이론이었다.

ㅡ06시 현재 전투 휴식에 들어감.

그리고 카이론의 귀에 들려오는 마하리쉬 대위의 목소리. 무려 9시간의 야간 행군 이후, 비트ㅡ은신할 목적으로 땅을 파서 만든 비밀 아지트ㅡ를 파고 전투 휴식에 들어가겠다는 보고였다.

보고를 받은 카이론은 여전히 전방을 주시하며 조심스럽게 사방을 훑었다. 그가 은신해 곳은 뾰족한 삼각형 모양의 침엽수로 근방의 모든 곳을 한눈에 관찰할 수 있는 지역이었다.

아직 어둠이 가시지 않은 새벽. 짙은 어둠 때문에 아무것도 보이지 않았다. 하지만 카이론은 망원 스코프를 통해 어둠 속을 꿰뚫어 보고 있었다. 카이론은 망원 스코프의 옆에 있는 돌림형 단추를 슬쩍 앞으로 돌렸다.

그러자 일반 모드에서 적외선 모드로 변했다. 그에 망원 스코프에는 주황색과 붉은색의 무언가가 움직이는 모습이 보였다. 카이론은 슬쩍 입꼬리를 말아 올렸다.

어느새 언월도로 변형된 KXM 109 저격총을 뒤로하고 자리하고 있던 침엽수의 나뭇가지를 박찼다. 하지만 침엽수는 마치 가벼운 새가 날아오른 양, 살짝 흔들거릴 뿐이다. 그리고 그가 착지한 곳은 무려 20미터나 떨어져 있는 침엽수였다.

그런 식으로 침엽수와 침엽수를 건너뛰며 빠르게 이동하던 카이론은 어느 순간 움직임이지 않고 조심스럽게 전면을 응시했다. 이제는 망원 스코프가 없어도 충분히 어둠 속을 꿰뚫어 볼 수 있었다.

그가 어둠 속을 주시하며 바람 소리와 같은 음성으로 입을 열었다.

'챨리 탱고(CT) 둘하나여섯삼, 팔아홉오칠, 작은 돌멩이 하나.'

속삭이듯 명령을 전한 카이론은 다시 신형을 움직였다. 지금 이것은 카이론이 이끄는 5전대만의 암호였다. 찰리 탱고란 카테인 왕국을 뜻했고, 뒤에 따르는 여덟 자리 수는 카테인 왕국을 수없이 많은 격자로 나누고 그 격자의 위치를 숫자로 표현한 것이다.

또한 상대방에게 정확하게 전달하기 위해 일, 이, 삼, 사가 아닌 하나, 둘, 삼, 넷, 오, 여섯, 칠, 팔, 아홉, 공으로 부름으로써 숫자를 들음에 혼동하지 않도록 했다. 또한 돌멩이란 그들끼리 정한 암호로 한 개 조를 작은 돌멩이라 하고, 한 개 팀을 돌멩이, 한 개 전대를 큰 돌멩이라 칭했다.

그리고 전대장을 산마루, 기타 간부급을 산등성이라 칭했다. 그들만의 용어였다. 이렇게 현대전 개념을 도입한 것은 특전여단 내에는 적의 통신 내용을 도청할 수 있는 마법적인 물건이 있기에 이렇게 그들만의 암호를 정해 작전 명령을 내리고 있는 것이다.

─검은 새(아시커나크), 이동한다.

카이론이 한참 벗어나는 그 순간, 그들만의 전용 통신기인 마법 네크리스를 통해서 보고가 들려왔다. 본대는 비트를 통해 전투 휴식에 들어가지만 척후를 맡은 두 개 조는 주야가 따로 없었다.

끊임없이 움직이고 있었다. 그들의 목적은 위력 정찰로써 적의 동태를 파악하고 비슷한 전력이라면 교전에 들어가 적의 수를 줄이는 역할이었다. 5전대에서 가장 힘든 조가 바로 정찰조라 할 수 있었다.

당연히 본대에서 가장 뛰어난 이들을 선발해 정찰조를 구성할 수밖에 없었다. 그리고 그들에게는 특별히 본대와 다른 마법 아이템을 지급했다. 아무리 그들이 체력적으로 뛰어나다 해도 인간인 이상 쉬지 않고 임무를 수행할 수는 없었다.

그들에게 지급한 마법 아이템은 언제 어디서든지 몸을 숨길 수 있으며 온도 조절 장치와 일정 이상의 피로를 풀어주는 마법이 내장된 그림자 망토이다. 때문에 그들은 일반 특전여단의 병력보다 몇 배에 달하는 체력과 은밀함을 갖출 수 있었다.

카이론이 임무를 남기고 떠난 곳에 어둠이 일렁였다. 정확히 열한 명. 이들은 아시커나크 차전사가 이끄는 정찰조였다. 그들은 은밀하게 목표물에 접근했으며, 완벽한 기도 비닉―몸을 숨기고 소음을 줄이는 행위―을 유지하였기에 블루팀의 정찰조는 그들의 존재를 꿈에도 모른 채 방심하고 있었다.

아시커나크 차전사가 수신호를 보냈다. 조원이 움직였고, 전투 휴식을 취하기 위해 자리를 잡던 블루조를 기습해 들어갔다. 그중에는 아시커나크 차전사도 있었는데 그는 조장으로 보이는 자를 기습했다.

"소속!"

어느새 목에 훈련용 대검이 대어져 있다. 블루팀 조장은 그 순간 놀람과 함께 절망을 맛볼 수밖에 없었다.

"9군단 9여단 4전대 척후 1조."

그 말이 흘러나옴과 동시에 아시커나크는 목을 긋고 블루팀 조장을 돌려 눕힌 후 심장과 간을 찌르고 복부를 찔러 흰색 마법탄을 터뜨렸다. 그리고 블루팀 조장의 왼쪽 팔에 착용되어 있는 푸른색 완장을 뜯어냈다.

"9군단 9여단 4전대 척후 1조. 교전 후 전멸. 전원 표식 회수."

통신 네크리스를 통해 보고한 후 아시커나크는 주변을 돌아봤는데 조원들은 모두 푸른색 완장 하나씩을 수거하고 대기한 상태였다.

"이동!"

그의 명에 정찰조는 빠르게 이동하며 어둠 속으로 사라졌다. 그런 모습을 허탈한 표정으로 보고 있는 블루팀 정찰 1조. 그가 허탈해하는 이유는 자신들은 지금 9군단의 작전 지역에 도달하지 못한 상태이기 때문이다.

훈련이 시작된 지 불과 하루도 안 된 상태. 그런데 레드팀 정찰조는 벌써 블루팀의 작전 지역에서 활동하고 있다. 블루팀 정찰 1조 조장은 원거리 통신용 마법 크리스털을 들었다.

"조장님, 그거……."

조원 중 누군가 입을 열어 원칙을 강조하려 했다. 그에 조
장은 그를 보며 입을 말했다.

"씨발. 진급하기 싫냐?"

"……."

그 한마디에 시선을 돌려 버리는 부사관이다. 그런 부사관
을 일별한 조장이 원거리 통신용 마법 크리스털을 작동시켰
다. 무개 20㎏, 가로 30㎝, 세로 50㎝의 직사각형으로 만들어
진 기괴한 모양의 원거리 통신용 마법 크리스털.

"여기는 참새 하나. 비둘기 나와라. 이상."

─…여기는 비둘기. 참새 하나 말하라. 이상.

"레드팀 정찰 일 개 조, 당소 작전 지역 활동 중이다. 이
상."

─확실한가? 이상.

"…참새 하나. 전멸. 이상."

─…….

전멸이라는 말에 응답이 없다. 그리고 약간의 시간이 흐른
후 다시 원거리 통신용 마법 크리스털에서 불편한 음성이 들
려왔다.

─알았다. 참새 하나. 부대로 복귀한다. 이상.

"알겠다. 이상."

통신이 종료되었다. 그에 썩은 돼지 간처럼 거무죽죽하게 죽은 블루팀 척후 1조였다.

"씨발! 뒈졌네."

동계 혹한기 전술 훈련이 시작된 지 하루. 첫 전투가 일어나고 가상의 희생자가 생기는 것은 하루도 채 걸리지 않았다.

도저히 상상조차 할 수 없이 기민한 6특전여단의 움직임. 그 움직임으로 선공은 레드팀이 먼저 시작하게 되었다. 의외의 일격에 잠시 주춤하던 블루팀은 이내 전열을 가다듬어 마치 한 몸처럼 움직이며 레드팀의 움직임이 한눈에 보인다는 듯이 하나씩 아웃시키기 시작했다.

*　　　*　　　*

"9특전여단의 정찰 네 개 조가 전멸당했습니다."

이번 훈련을 주관하고 있는 군무부 TOC.

그곳에는 굉장히 많은 사람들이 분주하게 움직이고 있었는데, 그 TOC의 중심에는 모든 전장 상황을 한눈에 알아볼 수 있는 마법 사판―지면의 일부를 일정한 축적에 의해 실제 지형과 같이 만든 모형―이 있었다.

그리고 전투근무지원작전본부(CSSOC)와 연결된 연락 장교가 끊임없이 전장 상황을 취합하면서 마법 사관에 각 부대 및 특전여단의 위치를 표시하고 있었다.

"8특전여단 여단장 및 이하 제장들 무장 해제. 거점 No 8. 11특전여단 점거. 훈련 중 8특전여단장 제라르 이시모프 여단장 중상. 1, 2, 4전대장 사망. 이하 16명의 팀장 중 8명 사망. 8명 중상."

"크흐음."

"저러언."

답답한 신음성이 들리는가 하면, 마치 비웃는 듯이 사악한 미소를 떠올리는 이가 있었다. 하지만 전투 정보는 계속 이어지고 있었다.

"7특전여단 프랭크 맥그레스 여단장, 12특전여단과 전투 돌입. 전선 고착화 후 항복."

레드팀의 색깔이 점점 사라지기 시작했다. 블루팀의 기세가 살아나고 있는 것이다. 이제 레드팀에서 남아 있는 여단은 5특전여단과 6특전여단. 그 두 특전여단은 종적을 찾을 수 없었다.

그들은 최초 예상보다 일찍 교전에 들어가 블루팀 최강의 여단이라 일컬어지는 9특전여단의 정찰조 네 개를 전멸시킨 이후 어떠한 움직임도 없었다. 단지 중간쯤에 5특전여단과 6특전여단의 원거리 전술 통신망으로 각각 거점 No 5와 No 6을 점거했다는 통신만 전해졌을 뿐이다.

훈련 돌입 2주일 만에 소강상태로 접어든 동계 혹한기 전술 훈련이었다. 그에 TOC와 CSSOC에 있는 하급 장교들은 잠시나마 눈을 붙이고 휴식을 취할 수 있었다. 적막한 시간이 흘러갔다.

눈발이 날리는 이른 새벽.

"현재 시각은?"

"00시 12분입니다."

고개를 끄덕인 카플루스 6특전여단장. 그가 힘 있는 목소리로 외쳤다.

"현 시간부로 부활 작전을 시작한다! 1전대장은 전술 거점 1로 움직여 대기한다! 2전대장은 전술 거점 2로 이동하되 유기적으로 1전대장을 지원한다! 3전대장은 원래의 작전을 변경 전술 거점 5로 이동하되 4전대 선임상사와 3전대 선임상사는 보직을 변경하며, 2전대 1팀장과 3전대 1팀장 역시 보직을 변경한다."

"무슨……."

카플루스 6특전여단장의 명령에 해당 전대장과 선임상사, 그리고 팀장은 눈을 동그랗게 뜨고 반문하려 했다. 하지만 반문은 허용되지 않았다.

"5전대는 최초 작전 그대로 적을 유린 및 유인한다. 각자 위치로."

부대 위치 변경과 인원 변경이 있었다. 3전대장은 보직을 변경한 4전대 선임상사와 2전대 1팀장을 보았다. 그리고 그는 깨달았다. 이것이 의도적이라는 것을 말이다. 자신의 휘하로 들어온 두 명은 자신과 같은 과의 사람이라는 것을 바로 깨달을 수 있었다.

'이런 젠장!'

'어떻게?'

'발각되었다.'

그들은 본능적으로 느낄 수 있었다. 하지만 내색하지는 않았다. 그렇게 그들은 전술 거점 5로 움직이기 시작했고, 지독하게 불어오는 눈바람 때문에 잠시 휴식 시간을 가질 수밖에 없었다.

"잠시 휴식."

이런 기후라면 적들도 쉽게 움직이지 못할 것이다. 3전대장은 슬쩍 선임상사와 1팀장을 바라보았다. 그들 역시 3전대장을 바라보았다. 하지만 다시 시선을 외면하며 슬쩍 자리를 이동했다.

3전대장은 말없이 품속에 있는 마법 통신기를 꺼내보았다. 휴대용 마법 통신기에 마나를 주입해 보았지만 소용없었다.

이런 날씨에는 마나가 불안정하여 통신이 제대로 이루어지지 않았다.

"후우!"

눈보라를 뚫고 그의 입에서 뜨거운 입김이 새어 나왔다. 그 순간이었다. 그는 목이 따끔하다는 생각이 들었다.

푸허어억!

그의 눈이 찢어질 듯 부릅떠졌다. 뜨거운 김을 피워 올리며 쏟아지는 검붉은 핏물, 그리고 그의 귓가로 들려오는 나직하게 속삭이는 목소리.

"배신자에게 죽음을."

금세 창백하게 식은 멜빈 그랜더슨 3전대장의 시신은 눈이 수북이 쌓인 대지 위로 넘어지며 파묻혔다.

그만이 아니었다. 4전대 선임상사였던 크로이츠 선임상사 역시 핏물을 게워내며 눈 위로 쓰러졌고, 2전대 1팀장에서 3전대 1팀장으로 보직을 옮긴 존 베이너 대위 역시 입을 벌린 채 차가운 눈 속에 신형을 눕혔다.

셋이 제거되었을 때 각 전술 거점으로 향하던 1, 2, 4전대와 5전대가 모습을 드러냈다. 그 가운데에는 카플루스 자작이 있었다.

"1팀은 1전대 5팀으로, 2팀은 2전대의 5팀으로, 3팀은 4전대의 5팀으로, 4팀은 5전대의 5팀으로 합류한다."

명령이 내려진 즉시 부대는 재편되었다. 각 팀장과 전대원, 그리고 부사관들은 도대체 무슨 일인지 몰라 어리둥절했지만 이내 카플루스 자작의 명대로 움직였으며, 뿔뿔이 흩어져 새로운 전대에 배속되어 상세한 설명을 들음에 침음성을 삼킬 수밖에 없었다.

그러한 그들에게 각 전대의 선임상사는 하얀 망토를 하나씩 배급하기 시작했다. 그리고 그 망토를 착용한 3전대의 전대원들은 놀란 토끼눈이 될 수밖에 없었다. 그때 그들의 귀에 카플루스 자작의 음성이 들려왔다.

"각 전대 위치로. 본 여단장은 5전대와 함께 움직인다. 통신은 항상 개방하며 암어를 사용한다. 이상."

"위치로."

눈보라를 뚫고 세 개의 전대가 빠르게 이동했다. 그리고 특이한 것은 그들의 복색이 모두 새하얗다는 것이다. 무기까지 하얀 헝겊을 이용해 철저하게 싸매고 있었으며, 레더 메일 또한 모두 하얀색이었다.

또한 모두 흰색의 망토를 두르고 있었는데, 그 망토 색이 상당히 기묘해서 눈보라가 치는 것과 같이 주변의 색과 동화되고 있었다. 그러하기에 그들이 움직임은 눈보라가 한데 뭉쳐 불어오는 것 같았다.

그것은 다름 아닌 카이론이 제공한 망토였다.

그가 드디어 드래곤의 마법 보고를 개방한 것이다. 물론 그 사실을 아는 것은 그 자신밖에 없었다. 공식적으로 그것은 카이론이 아닌 여단장이 제공한 것으로 되어 있었다.

더군다나 그 망토는 온도 조절 마법까지 곁들여져 있었다. 영하 10도에서 20도를 오르내리는 상황에서 추위가 전혀 문제되지 않았고, 주변을 그대로 투영하는 망토를 받은 6특전여단의 사기는 하늘을 찌를 듯했다.

1, 2, 4전대가 멀어져 가며 눈보라 속으로 사라졌다. 카이론 역시 그들을 바라보다 몸을 움직이기 시작했다. 그 뒤를 따라 5전대원들이 움직였고, 맨 후미에서 카플루스 자작과 네 명의 참모가 행렬을 따라 이동했다.

5전대의 움직임은 빨랐다. 맨 후미를 따르던 네 명의 참모는 은근히 놀라고 있었다. 여단 참모라고 해서 마나를 다루지 못하는 것이 아니다. 단지 전투를 하지 않을 뿐이다. 그리고 그들의 전투력은 여단 내에서 1전대장을 제외하고는 누구에게도 양보하지 않을 정도의 실력을 가지고 있었다.

그러한 그들이 놀란 것은 바로 5전대원들의 뛰어난 체력 때문이었다. 전대원 대부분이 부사관이라고는 하나 마나를 다루지 못한다.

부사관 중 마나를 다루는 이는 선임중사, 혹은 전대 선임상사 정도이다. 그런데 그들과 비교해서 전혀 뒤처지지 않는 속도로 이동하고 있는 5전대원들이었다.

일정한 호흡과 일정한 보폭.

그들은 굉장히 숙련되어 있었다. 그들은 정확히 50분 행군 후 10분간 휴식했다. 또한 그들에게는 다른 부대에는 보이지 않는 배낭이 보였다. 새로 편입된 4팀을 제외하고 기존의 세 개의 팀은 등에 배낭을 메고 있었으며, 그 배낭에는 야전에서 필요한 모든 것이 들어 있었다.

그리고 마침내 그들은 9여단의 후방에 도달할 수 있었다. 그들은 방심하고 있었다. 거의 일주일 이상 종적을 찾을 수 없었기 때문이다. 거기다가 벌써 삼 주째 계속되는 눈보라는 심신을 지치게 하기에 충분했다.

아무리 강건한 특전여단이라 할지라도 이런 혹한기에서의 훈련은 참기 힘든 점이 있었다. 그들은 휴식을 취할 때 주위의 지형지물을 이용해야 하는 것이 맞았다. 하지만 나태해져서인지 천막을 치고 땔감을 모아 불을 지피고 있었다.

카이론의 주변으로 세 명의 팀장과 카플루스 자작이 모여들었다.

"5팀은 후방을 경계하며, 1, 2, 3, 4팀은 작전에 돌입한다. 이상."

카이론의 명에 네 개의 팀이 각각 세 곳으로 흩어져 나갔다. 그리고 어느새 키튼 상사와 아시커나크 차전사가 조원을 대동하고 모습을 드러내고 있다. 갑작스러운 그들의 출현에 카플루스 자작은 물론 네 명의 참모도 놀란 표정을 지었다.

중급인 자신들의 이목을 속인 것이다. 하지만 이내 그들은 고개를 끄덕일 수밖에 없었다. 두 명의 조장은 실력을 가늠하기 어려웠으며, 열 명의 각 조원은 하급에 이르러 있었다. 실로 경악할 일이었다.

"돌입한다."

말과 함께 빠르게 경계가 흐트러진 블루팀을 향해 쇄도했으며 눈 깜짝할 새에 경계를 서고 있는 블루팀의 팀원들을 목과 가슴 두 곳, 복부 한 곳에 붉은색 마법탄을 터뜨리며 가상 죽음을 내렸다.

"적이다!"

누군가가 외쳤다. 나태해졌다고는 하지만 특전여단이란 이름에 걸맞게 블루팀은 빠르게 정비해 적을 맞이하려 했다. 하지만 이미 사방에서 뛰어든 레드팀의 5전대원들. 블루팀에 속한 한 개 팀은 순식간에 전멸당했다.

그중 명 몇은 가검이 아닌 진검을 휘두르며 격렬하게 저항했다.

카아앙!

"빠르군."

그들은 바로 블루팀의 팀장인 한 명의 대위와 선임중사, 그리고 두 명의 부사관이었다. 그들은 이미 훈련이 아닌 실전이었다. 적이 훈련이라는 것을 감안해 붉은색의 마법탄을 터뜨릴 때 그들은 진검을 들어 적의 목을 베어간 것이다.

하지만 레드팀은 기민하기 이를 데 없었다. 빠르게 백 스텝을 밟으며 검을 휘둘러 진검을 막아냈다.

블루팀의 팀장은 지체하지 않았다. 마치 상대방과 끈으로 연결된 것처럼 따라 들어가며 진검으로 상대의 목을 찔러들어 갔다.

순간 슈바이체르 샤벨이 빠르게 움직였다. 찔러오는 검을 살짝 빗겨 막아 튕기고, 그대로 블루팀 팀장의 품속으로 파고들며 검을 거꾸로 들어 손잡이로 목울대 아래 움푹 들어간 지점을 툭 건드렸다.

"컥!"

답답한 소리가 흘러나왔다. 손으로 슬쩍 눌러도 숨이 턱 막힐 곳을 아무리 약하다고는 하나 손잡이 끝으로 쳤으니 절명은 아니더라도 무장 해제가 되는 것은 자명했다. 팀장이 그러할진대 다른 이들은 보나마나였다.

순식간에 한 개 팀이 정리되었다. 멀리서 지켜보던 카플루스 자작은 고개를 끄덕였다. 그는 익히 아는 5전대의 실력이다. 하지만 다른 이들에게는 눈을 의심케 하는 모습이라 할 수 있었다.

"끄으음."

참모들은 나직한 신음성을 흘렸고, 4팀 전체는 얼굴을 딱딱하게 굳히고 있었다. 같은 팀원이고 같은 특전여단의 군인이라고 생각했다. 한데 아니었다. 그들과 자신들의 실력은 하늘과 땅 차이였다.

한 개 팀을 모두 정리한 카이론은 사로잡은 블루팀의 팀장을 깨우고 심문했다.

"소속은?"

"9여단 4전대 4팀."

"완장을 회수하고 상부에 보고한다."

그것으로 끝이었다. 그것으로 카이론은 병력을 물렸고, 그런 그들을 멀거니 바라보는 블루팀 4팀장이었다. 그러다 그의 얼굴이 서서히 일그러지기 시작했다. 자신들은 레드팀의 팀장을 죽였고, 실제 전투를 치르듯 대했다.

그런데 상대는 오로지 훈련으로서만 자신들을 대하고 있었다.

그 순간 4팀장은 무언가 잘못되었다는 것을 느꼈다. 그리고 깨달았다. 자신들은 체스 판의 폰이었다는 것을 말이다. 그에 4팀장은 쓰게 웃었다.

"팀장님, 어떻게 합니까?"

"뭘?"

"보고합니까?"

"무슨 보고?"

"아니, 그……."

"방금 그들을 보고 느껴지는 게 없나?"

"예? 뭐… 그냥… 괜찮다는 정도?"

"그래, 괜찮지. 아주 괜찮아. 그들에 비하면 우리는 그냥 체스 판의 폰보다 못한 존재이고 말이지. 왜 그런지 아나?"

"그야……."

말을 흐리는 선임중사. 마땅히 생각해 보지 않은 투다. 그럴 줄 알았다는 듯이 고개를 끄덕인 4팀장이 입을 열었다.

"그들은 군인의 본분을 지킨 거야. 훈련을 훈련으로 한 것이지. 훈련을 대리전으로 치르는 것이 아니라. 그래서 괜찮다고 여기는 거야. 그들은 진정한 군인이라 할 수 있어. 우리가 바라는 그런 군인 말이야."

"……."

4팀장의 말에 선임중사가 입을 다물었다. 그제야 그는 자신이 왜 그런 생각을 했는지 깨달은 것이다. 그들은 진급에 목매지 않았다. 그들은 보여주기 위해 안달하지 않았다. 그들은 드러내는 것을 즐기지 않았다.

"그냥 쉬어둬. 삼 주 동안 못 쉬었으니 이렇게라도 쉬어야지. 깨지는 건 나중에 생각하자고."

그런 4팀장의 말에 피식 웃어버린 선임중사가 각 간부진을 불러 명령을 하달했다. 천막을 치고, 불을 지피고, 일부는 사냥을 나갔다.

"팀원들에게 술 좀 풀어."

"그거 잘못 걸리면 뒈집니다."

"어차피 죽었는데 뭐 상관있겠나? 날씨도 추운데 한두 잔이야 뭐 어쩌려고."

그들이 그렇게 훈련을 즐기는 동안 5전대는 또다시 빠르게 움직여 나갔다. 그리고 얼마 안 가 또 다른 팀을 만났고, 지체 없이 기습해 그들의 완장을 뜯고 무장 해제한 다음 눈보라 속으로 모습을 감췄다.

이루 형언할 수 없을 정도로 빠른 그들의 움직임. 그리고 마침내 삼 주째 계속되던 눈보라가 그칠 즈음, 마나의 유동으로 상황을 제대로 알지 못하던 블루팀과 군무부에 설치된 TOC에서는 눈을 동그랗게 뜨고 놀랄 상황이 전개되고 있었다.

"블루팀 10, 11, 12, 13여단, 레드팀 6특전여단에 전멸. 6특전여단, 블루팀 전략 거점 확보. 21여단, 레드팀 5특전여단에 전멸. 전략 거점 확보. 사망자 없음."

충격이었다. 동계 혹한기 전술 훈련 마지막 주로 접어드는 순간, 레드팀은 대반격을 시작해 블루팀 다섯 개 여단을 순차적으로 전멸시켰다. 그것도 사망자 한 명 없이 말이다. 첫 교전 이후 블루팀이 레드팀을 공격했을 때 무려 열 명에 가까운 사망자가 발생한 것과는 천양지차였다.

그에 훈련을 참관하고 있던 중도파의 수장인 블라드 유린 후작이 차가운 얼굴에 입 꼬리를 살짝 말아 올리며 곁에 있는 귀족파의 수장인 플렉스 르위스 공작에게 입을 열었다.

"동계 혹한기 전술 훈련이 끝난 후 진상조사위원회를 발족시켜야 할 것입니다."

"커흠. 특전여단의 훈련 성격상 훈련 중 사망하는 것은 다반사. 굳이 그럴 필요는 없다고 보오."

"그렇습니까? 하면 6특전여단과 5특전여단이 보여준 것은 대체 무엇입니까? 도저히 이해할 수 없습니다. 해서 지금 이 자리에서 정식으로 진상조사위원회 발족을 건의하는 바입니다."

몰아붙이는 유린 후작. 하나 그의 의견에 반대하는 이는 르위스 공작만이 아니었다. 국왕파의 수장이자 이왕자를 지지하는 로이언 히스 후작도 있었다.

"훈련 중 아닙니까? 그것은 훈련이 끝난 후 논의해도 되지 않겠습니까?"

"호오, 그렇습니까? 본 후작이 성급했군요. 하면 보겠습니다. 훈련 후 어떤 조치가 취해질지 말입니다."

유린 후작의 말에 르위스 공작과 히스 후작의 얼굴이 딱딱하게 굳어갔다.

"이 일은 훈련 중 일어난 불의 사고로 이후 어떠한 연유로도 그에 대한 추궁은 불허합니다."

그때 군무부의 TOC의 문을 열고 들어서는 자가 있었으니 바로 카테인 왕국의 이왕자인 다니엘 폴 카테이누스와 삼왕자인 시그리드 르위스 카테이누스였다. 현재 카테인 왕국의 국왕은 이왕자를 가장 총애하여 자신의 중간 이름을 그에게 하사했다.

때문에 국왕파는 이왕자인 다니엘 폴 카테이누스를 지지하고 있었고, 삼왕자는 그의 외조부가 카테인 왕국의 유일한 공작인 르위스 공작으로 르위스라는 성을 중간 이름으로 사용하고 있었다. 그러하니 당연히 귀족파는 이왕자를 적극 지지하고 있었다.

그들의 갑작스런 등장에 여기저기에서 예를 취했다. 유린 후작도 예를 차린 후 곧바로 물었다.

"그것이 이왕자님의 생각이십니까?"

"본 왕자의 생각이 아닌 국왕 전하의 전언입니다."

까득.

유린 후작은 자신도 모르게 어금니를 깨물었다. 그러한 유린 후작의 얼굴을 보며 비릿한 미소를 떠올리며 입을 여는 삼왕자였다.

"전군 최고의 특전여단입니다. 그들의 실전과 같은 훈련에 치하는 못할망정 그들을 탓할 필요는 없다고 봅니다. 그렇게 보면 5특전여단과 6특전여단의 특전원들이 너무 무른 것이 아닌가도 싶습니다."

"그도 그렇군. 적에게 있어서 자비란 필요 없거늘."

이왕자와 삼왕자는 서로 죽이 척척 맞고 있었다. 유린 후작은 아무런 말도 할 수 없었다. 하지만 그의 내심은 부글부글 끓어오르고 있었다. 그때 그의 옆으로 스쳐 지나가던 이왕자가 슬쩍 입을 열어 말을 말했다.

"혹시라도 국왕 전하의 품을 원하신다면 언제든지 맞이할 준비가 되어 있습니다."

"……"

유린 후작이 이왕자를 바라보았다. 그러다 침중한 얼굴로 몸을 돌려세웠다. 그런 유린 후작의 모습을 보며 슬쩍 비웃음을 던지는 이왕자였다. 유린 후작은 자신의 자리로 돌아와 곁에 있는 이에게 전했다.

"9여단장과 22여단장의 피를 보고 싶군."

나직한 말이었으나 TOC 내에 있는 모든 이가 그 말을 들었다. 그에 모두가 피식 웃었다. 그들이 누구인데 피를 보고 싶다고 볼 수 있을까? 바이큰 족과의 전쟁에서 도살자라 불리던

9특전여단장이고, 안식의 검이라 불리는 22특전여단장이다.

그런 이들의 피를 본다? 말도 안 되는 소리였다.

"크큭! 유린 후작이 단단히 화가 난 모양이로군. 보고 싶다 해서 볼 수 있는 그들의 피가 아니거늘."

"그러게 말입니다."

이왕자의 말에 삼왕자가 동조하자 그들을 지지하는 귀족들이 고개를 끄덕였다. 각 두 개의 여단이 남았다고는 하나 귀족파와 국왕파의 연합으로 이뤄진 블루팀은 절대 진다는 생각조차 하지 않고 있었다.

"9특전여단장과 22특전여단장의 목을 원하시는군."

카플루스 자작이 입을 열었다. 카이론은 말없이 고개를 끄덕였다. 하지만 그를 제외한 나머지 전대장과 참모들은 고개를 저었다. 9특전여단장은 도살자이다. 또한 그는 익스퍼트 상급에 이른 실력자다.

22특전여단장 역시 안식의 검이라 불리며 9특전여단장과 비견되는 유명세를 타고 있는 이다. 그러한 두 명의 목을 원한다니 말도 안 되는 명령이다. 한데 카이론은 그저 고개를 끄덕일 뿐이었다.

"명령은 이행될 것입니다."

"가능하겠나?"

"그가 피를 마시는 자와 다를 것이 무엇입니까?"

무력으로 치자면 분명 9특전여단장이 앞선다. 하지만 그 잔혹함으로 따지자면 피를 마시는 자가 조금 더 우위를 차지한다. 또한 피를 마시는 자에게 죽은 기사 중 9특전여단장과 비슷한 경지가 없는 것도 아니다.

카이론의 패기에 1, 2, 4전대장은 질린 표정을 지어 보였다. 여단장에게 듣기는 했다. 피를 마시는 자를 카이론이 죽인 것을 말이다. 하지만 솔직히 믿지는 않았다. 보지 않았으니까 말이다.

"그와 기사대전을 건의하십시오."

"기사대전인가?"

"먼저 제의하지 않는다면, 그의 죽음에 대한 빌미를 제공하게 될 것입니다."

카이론이 카플루스 자작에게 기사대전을 건의할 때 마하리쉬 대위는 화들짝 놀랐다. 그리고 은밀하게 카이론에게 반론을 제기하고 있었다.

'위험합니다.'

'무엇이 말인가?'

'만약 9특전여단장이 죽게 되면 그 후폭풍이 만만치 않을 것입니다.'

'정당한 기사의 대결이다.'

'하지만 귀족들은 그렇게 생각하지 않을 것입니다.'

마하리쉬 대위는 지금 몇 수 앞을 내다보고 있었다. 이것이 대리전이라면 분명 힘이 강한 쪽에서는 후에 책임 소재를 가리려 할 것이다. 지금의 양상은 2군과 3군의 연합이 1군과 대적하고 있는 양상이다.

그것은 그 배후에 있는 귀족들 역시 연합하고 있다는 것이고, 힘의 균형은 이미 기울고 있다는 것을 의미한다. 그런데 그 균형이 깨졌을 때 당연히 힘의 우위를 지키기 위해서 상대가 정신을 차리기 전에 상대의 힘을 약화시키려 할 것이다.

상대를 약화시키는 가장 쉬운 방법은 역시 책임 소재이다. 아직까지 2군과 3군의 연합은 1군의 특전여단 여단장은 죽이지 않았다.

만약 여기에서 카이론이 9여단의 여단장을 죽인다면 어떻게 될까? 불 보듯 뻔한 일이다. 그 책임을 물어 직위 해제와 함께 제거하려 들 것이다. 그것은 그들의 상처 입은 자존심을 지키는 유일한 방법이니까 말이다.

마하리쉬 대위는 바로 그것을 지적하고 있었다. 기사대전은 쌍방이 합의한 것이다. 또한 그것을 증명하기 위해 참관인까지 둔다. 한마디로 귀족과 기사들이 그리도 부르짖는 명예와 명분에 벗어나지 않는 정당한 방법이다.

하지만 권력 앞에서는 그 모든 것이 무효화된다. 지키려는 자와 가지려는 자는 그 어떤 수단과 방법을 이용해서라도 자신의 행위를 정당화시키려 할 것이기 때문이다. 하지만 카이론으로서는 번복할 수 없었다.

바로 카플루스 자작의 승낙이 떨어졌기 때문이다. 그에 마하리쉬 대위의 얼굴은 딱딱하게 굳어지고 있었다.

"그렇게 하지."

"여단장님."

너무나 수월하게 답하는 카플루스 자작의 말에 4전대장이 그를 불렀다.

"할 말 있나?"

"꼭 그래야만 합니까?"

"무엇을 말인가?"

"꼭 그가 나서야 하느냔 말입니다."

"자네는 그를 미워하지 않았던가?"

"그렇습니다. 아직도 그를 미워합니다. 하지만 그것은 개인적인 감정입니다. 자그마치 9특전여단장입니다. 1전대장이 아니면 그와 비견될 인물은 없다고 봅니다. 한데 어찌해서……."

4전대장은 아직도 카이론의 실력을 믿지 못하고 있었다. 이해할 수 있었다. 4전대장은 아직도 자신이 특별 훈련에서 힘도 제대로 써보지 못하고 흙더미에 나뒹군 것이 순전히 명령과 자신이 방심한 탓이라 생각하고 있는 것이다.

또한 카이론의 진정한 무력을 보지 못했다. 물론 보지 않아도 충분히 짐작할 수는 있을 것이다. 하나 인정하기 싫은 것이다. 새파랗게 어린 나이에 전대장에 오른 것도, 그만한 전공을 세웠다는 것도 인정하기 싫은 것이다.

"그는 우리 전부가 덤빈다 해도 승리를 점칠 수 없는 실력자네. 믿지 못하겠나?"

"믿지 못하겠습니다."

단호하게 말을 하는 4전대장.

"그럼 이번에 그 불신을 믿음으로 바꿀 수 있겠군. 그는 카테인 왕국 최고가 될 것이네."

"그런……."

확신에 찬 카플루스 자작의 말에 세 명의 전대장과 참모들이 카이론을 바라보았다. 하지만 카이론은 말없이 일어나 자리를 벗어날 뿐이다. 그중 1전대장의 눈은 실로 의미심장했다.

'최고라……. 어쩌면 가능할지도.'

그는 상급에 이른 실력자다. 하지만 그로서도 카이론의 실력을 엿볼 수 없었다. 그러한 경우는 딱 두 가지. 실력을 알아볼 수 없는 특별한 무언가를 익혔든가 자신이 어찌 해볼 수 없는 최상급, 혹은 마스터일 가능성이다.

"전대장님, 어떻게 좀……."

4전대장이 1전대장을 붙잡고 늘어졌다.

"자네는 내가 익스퍼트 상급이라는 것을 알고 있지?"

"그야 물론."

"그런 나조차 그의 일격을 제대로 받아내지 못했네. 형편없이 나가떨어졌지."

"그……."

'그때는 훈련 상황이지 않았습니까?' 하는 말이 목까지 치밀어 오르는 것을 꾹 참은 4전대장이다. 1전대장은 4전대장의 어깨를 툭툭 두드렸다.

"믿어도 될 것이네."

그렇게 말하며 일어나 전대원이 있는 곳으로 휘적휘적 걸어가는 1전대장. 그런 1전대장을 뚫어지게 바라보던 4전대장은 고개를 절레절레 젓고 한숨을 푹 내쉬며 자리에 털썩 주저앉았다.

"그게… 말이 돼? 이제 열아홉인데?"

그는 여전히 불신을 담은 눈을 하고 있었지만 이미 결정 난 사항에 대해서는 가타부타 말을 하지 않았다. 결정되기 이전에는 충분히 검토하기 위해 반론을 제기할 수 있지만 결정이 난 후 반론을 제기하는 것은 지휘 체계의 혼선만 가져올 뿐이기 때문이다.

"도대체 뭘 믿고……."

여전히 믿기지 않았다. 하지만 이미 모든 것은 결정 난 상황. 자신이 어찌할 수 있는 것은 없었다. 4전대장은 서둘러 병력을 추슬러 본대를 따라나섰다. 그리고 그는 이번 제의는 결코 이루어지지 않을 것이라 예상했다. 여단장과 전대장의 기사대전이라니 이게 말이 되는 소리인가?

하지만 기사대전의 제의는 받아들여졌다. 받아들여진 것이 아니라 직접 찾아왔다. 그들의 기세는 군사 작전이 아닌 필사의 적을 앞에 둔 그런 기세였다. 그 감정이 고스란히 전해질 정도이다.

휘이잉!

차가운 겨울바람이 몰아쳤다. 그 와중에 9특전여단과 6특전여단은 서로 거리를 벌린 채 상대를 노려보고 있었다. 그 가운데 9특전여단장이 비정상적으로 큰 플랑베르쥬를 어깨에 걸치고 고개를 삐딱하게 한 채 무표정하게 중앙으로 걸어나왔다.

보통 플랑베르쥬라면 물결 모양의 날을 가진 1.2m 남짓한 검이다. 하지만 9특전여단장이 들고 있는 플랑베르쥬는 2m는 족히 넘어 보였고, 물결 보양이 아닌 몬스터의 날카로운 이빨처럼 역으로 돋아난 검날과 10㎝는 넘어 보이는 검폭을 가지고 있었다.

보기만 해도 기가 질릴 정도의 난폭한 플랑베르쥬. 그와 함께 얼굴 전체에 난 X자 모양의 상처, 세상을 삼켜 버릴 듯한 아우라. 그가 탁한 목소리를 내며 입을 열었다.

"오랜만이로군, 카플루스 자작."

"그렇군."

카플루스 자작은 간단하게 답했다.

"저 애송이인가?"

9특전여단장이 턱짓으로 카이론을 가리키며 물었다. 듣는 것만으로도 오금이 저리게 하는 음색이다. 카플루스 자작은 말없이 뒤로 빠졌고, 카이론은 말없이 앞으로 걸어 나왔다. 그 또한 기세로 치면 9특전여단장에 전혀 밀리지 않았다.

9특전여단장의 체구는 당당했다. 무려 198㎝이니 당당함을 넘어섰다 할 것이다. 하지만 카이론에 비하면 아니었다. 오히려 기세 면에서는 9특전여단장이 밀리는 것 같은 느낌이 들 정도였다.

"9특전여단 여단장 스트라이든 말코비치 자작이다."

"6특전여단 5전대장 카이론 에라크루네즈 중령입니다."

"대가리에 피도 안 마른 놈이군."

"대가리에 피가 마르면 죽는 것으로 알고 있습니다만?"

"크흐~"

9특전여단장의 얼굴이 꿈틀거렸다. 그의 입가에는 거친 꿈틀거림이 있었다.

"애송이, 증명해야 할 것이다."

끄덕.

카이론은 말없이 고개만 끄덕였다. 증명하라는데 증명하면 될 것이다. 전투에 있어 예의란 필요 없다. 그것은 카이론보다 9특전여단장이 더 잘 알고 있다. 전투태세에 돌입하자마자 사전 예비 동작도 없이 그대로 말코비치 자작에게 쇄도하는 카이론.

9특전여단장은 날카롭게 웃었다.

"크하!"

카앙!

기다렸다는 듯이 날아오는 카이론의 언월도를 받아치는 9특전여단장. 하지만 9특전여단장은 얼굴을 잔뜩 일그러뜨릴 수밖에 없었다. 플랑베르쥬를 통해 전해지는 충격에 하마터면 손을 놓을 뻔했기 때문이다.

심장이 울렁거렸다. 심장에서 무지막지한 피가 전신을 향해 휘돌아 나갔다.

짜릿함. 이것은 아픔이 아니라 짜릿함이었다.

"후와아악!"

9특전여단장이 기괴한 함성을 지르며 미친 듯이 플랑베르쥬를 휘둘렀다. 마치 방어는 포기한다는 듯이 말이다. 그의 플랑베르쮜에서 노란색의 오러 포스가 시전되었다. 9특전여단장은 전력을 다했다.

콰하아악!

노랗게 넘실거리는 오러 포스가 파도처럼 카이론을 향해 덮쳐들었다. 그 무엇으로도 막을 수 없을 것 같은 9특전여단장의 사납고 포악한 검격. 카이론은 위에서 아래로 언월도를 느릿하게 그어 내렸다.

쯔아아악!

찢어졌다. 파도가 정확하게 둘로 갈라졌다. 그 속에 모습을 드러낸 9특전여단장의 통방울만 한 눈. 하지만 오히려 더욱더 마음에 든다는 듯이 한 손으로 잡은 검병을 두 손으로 잡아 더욱더 강력하게 밀어붙였다.

드드드드득!

눈과 얼음으로 뒤덮인 대지가 흔들렸다.

쩌적! 쩌저적!

그리고 마침내 그 힘을 이기지 못하고 부서져 나갔다.

"죽.인.다아~!"

9특전여단장의 이마에 굵은 핏줄기가 돋아났다. 얼굴은 붉게 물들어가며 기괴하게 변해갔다. 마계의 마왕이 있다면 지금의 9특전여단장이 바로 마계의 마왕일 것이다. 하나 그가 아무리 전력을 다한다 해도 그의 오러 포스의 파도는 단 한

치도 앞으로 나아가지 못했다.

그러다 어느 순간이었다.

갑자기 파도를 막아내던 벽이 사라진 것 같았다. 허전함에 9특전여단장의 몸이 움찔했다. 그리고 그 짧은 순간, 그의 옆구리에 화끈한 통증이 전해졌다.

퍼걱!

무채색의 소음이 들려왔다.

그리고 이물질이 자신이 옆구리로 파고들었다. 서늘한 감촉.

'이게…….'

9특전여단장은 어이없다는 듯이, 넋이 나간 듯이 자신의 옆구리를 내려다보았다. 아니, 저절로 고개가 아래로 꺾였다. 그리고 볼 수 있었다. 기묘하게 현란한 도신이 자신의 눈을 아프게 찌르고 있다는 것을 말이다.

스각!

갈라 버렸다. 그저 통으로 9특전여단장의 허리를 양분해 버리는 카이론의 언월도였다.

"방심은 곧 죽음. 이것이 애송이의 검입니다."

하지만 애석하게도 9특전여단장 스트라이든 말코비치 자작은 그 말을 듣지 못했다. 불어오는 바람에 허리 윗부분이 뒤로 넘어갔기 때문이다. 너무나도 허무하기 이를 데 없는 죽음.

　잠깐의 정적이 흐른 후,

　"우와아아아!"

　6특전여단의 모든 이가 크게 함성을 질렀다. 여단장도 있고 4전대장도 있었으며 말단 하사도 있었다. 그에 반해 9특전여단은 놀라 입을 벌린 채 그저 굳어 있었다. 카이론이 9특전여단이 있는 곳으로 향했다.

　그리고,

　우뚝!

　그들 앞에 서서 외쳤다.

　"꿇어!"

『워리어』 4권에 계속…

Sanctum
생텀

이영균 판타지 장편 소설

FUSION FANTASTIC STORY

취재 현장에서 맞닥뜨린 녹색 괴물.
그리고 무혁은 한 번 죽었다.

**죽음에서 깨어난 무혁에게 다가온 것은
숨겨졌던 이세계, 생텀의 존재였다!**

현대에 스며든 악신 투르칸의 잔인한 손길.
생텀에서 온 성녀 후보 로미와 도멜 남작을 도우며
무혁의 삶은 점차 비일상에 접어드는데……

**이계와의 통로는 과연 우연인 것인가?
생텀(Sanctum)의
진정한 의미를 찾아라!**

Book Publishing CHUNGEORAM

유행이 아닌 자유추구
WWW.chungeoram.com

HERO 2300

FUSION FANTASTIC STORY

영웅2300

말리브 장편 소설

「도시의 주인」말리브 작가의
특급 영웅이 온다!
『영웅2300』

돈 없는 찌질한 인생 이오열,
잠재 능력 테스트에서 높은 레벨을 받았지만

"젠장, 망했어! 되는 일이 하나도 없어!"

하필이면 최악의 망캐 연금술사가 될 줄이야!

그러나 포기란 없다.

최악에서 최고가 되기 위한
오열의 이야기가 시작된다!

Book Publishing CHUNGEORAM

용마검전

FANTASY FRONTIER SPIRIT

김재한 판타지 장편 소설

「폭염의 용제」, 「성운을 먹는 자」의 작가 김재한!
또다시 새로운 신화를 완성하다!

『용마검전』

사악한 용마족의 왕 아테인을 쓰러뜨리고
용마전쟁을 끝낸 용사 아젤!

그러나 그 대가로 받은 것은 죽음에 이르는 저주.
아젤은 저주를 풀기 위해 기나긴 잠에 빠져든다.

그로부터 220년 후……

긴 잠에서 깨어난 아젤이 본 것은
인간과 용마족이 더불어 살아가는 새로운 세상이었다.

Book Publishing CHUNGEORAM

허담 新무협 판타지 소설

FANTASTIC ORIENTAL HEROES

검은별

하늘아래 모든 곳에 있고,
결코 사라지지 않는다.

세상은 그들을 멸시하지만,
세상의 모든 야망가가 은밀히 거래한다.

선과 악이 어우러지고,
어둠과 밝음이 서로를 의지하듯
세상의 빛 그 아래 존재하는 자들.

**무수한 별이 빛을 잃어 어둠을 먹고사는
검은 별이 되어 살아가는,
그리하여 세상 모든 사람이 두려워하는…**

그들은 유령문이다!

Book Publishing CHUNGEORAM

유행이 아닌 자유추구 -
WWW.chungeoram.com

연재 사이트 베스트 1위!
어디에서도 볼 수 없었던 천재 의사가 온다!

『메디컬 환생』

언제나 실패만 거듭해 온 의사 진현,
그런 그에게 찾아온 인연의 끈이 있었으니.

"다시 삶을 살면… 어떤 삶을 살고 싶으신가요?"

다시 한 번 주어진 인생
이번엔 반드시 성공하리라!

Book Publishing CHUNGEORAM

유행이 아닌 자유추구 -
WWW.chungeoram.com